풀각시 박효신의

봄여름 가을겨울

풀각시 박효신의
봄 여름 가을 겨울

초판 1쇄 발행 2014년 4월 10일

지은이 박효신
펴낸이 한승수
펴낸곳 문예춘추사
편집 고은정 이다연 유다현
마케팅 심지훈
디자인 이하나

등록번호 제300-1994-16
등록일자 1994년 1월 24일
주소 서울특별시 마포구 연남동 565-15 지남빌딩 309호
전화 02-338-0084
팩스 02-338-0087
E-mail moonchusa@naver.com

ISBN 978-89-7604-125-8 03810

박효신 지음

문예춘추사

차례

제4부 물자는 덜 쓰고 마음은 많이 쓰고

제5부 무봉리 마을학교 시인들

부록 몸과 마음이 행복해지는 풀각시 자연밥상

10대 때는 친구들에 빠지고, 20대 때는 사랑에 빠지고, 30대 때는 일에 빠지고, 40대 때는 역시 일에 빠지고, 그렇게 일을 최우선으로 하면서 초를 다투며 살던 어느 날, 나는 생각했다.

"그럼 50대부터는 어떻게 살까?"

그리고 결정했다. 흙으로, 자연으로 돌아가자. 인공적인 것이 아닌 자연에 내 몸을 맡기고 한번 살아 보자. 그 결정은 60여 년 동안 내가 한 결정 중에 가장 잘한 결정이 되었다.

2007년 시골로 내려온 지 3년째 되던 해, 일기처럼 적어 가던 나의 시골살이 이야기가 《바람이 흙이 가르쳐 주네》라는 이름을 달고 책으로 묶여 나왔다.

말 그대로 초등 중등 고등교육 16년과 사회생활 35년 동안 읽었던 그 많은 책들이나 넘쳐나는 지식들 속에서 내가 결코 배울 수 없었던 것들을, 바람과 흙은 단 3년 동안 정말 많은 것을 보고 깨닫게 했다. 내가 느꼈던 감동을 다른 사람들에게 이야기하고 싶었고 다행히 많은 사람들이 내 이야기에 귀를 기울여 주었다.

5년이 지난 지금, 책을 책방에서 구할 수가 없다는 분들의 연락을 자주 받고 나 역시 더 하고 싶은 이야기가 있기에 내용을 보완하여 다시 묶어 보기로 했다. 이 책은 《바람이 흙이 가르쳐 주네》의 내용을 바탕으로 그 후로 계속 썼던 글들을 더한 것이다.

5년 전과 지금, 달라진 것이 있다. 그때만 해도 농사꾼으로 불리고 싶었으나 스스로 '농사꾼'이라 말하기 부끄러웠지만 지금은 자신 있게 '나는 농사꾼이야'라고 말할 수 있게 되었다는 것.

가끔 누군가 내게 물어본다.

"서울을 떠나 시골로 내려온 걸 후회한 적 없으세요?"

"없어요. 단 한순간이라도 결코."

"시골로 내려오기 전과 막상 내려와 살다보니 생각했던 것과 다른 차이는 없던가요?"

"차이가 컸지요."

"뭔데요?"

"나름 오랫동안 준비하고 내려왔기 때문에 시골 생활이 내 생각과 큰 차이가 없을 거라고 생각했는데 아니더라고요. 자연은 내가 생각했던 것보다 더 크게 나를 감동시켰어요. 100만큼 행복할 거야 생각했는데 실제로 살아 보니 200이 훨씬 넘게 행복하니까요."

· 제1부 ·

땅은 절대로 사람을 속이지 않아

사는 게 재미없어, **왜?**

"박 부장은 언제 봐도 살맛나고 행복해 보여."

오래간만에 만난 신문사의 이 부장이 신기한 듯 나를 쳐다보며 묻는다.

"어떻게 늙지도 않아, 사람이. 일이 신 나나 보지? 어떻게 하면 박 부장 같이 재밌게 살 수 있는 거야! 난 재미없어 죽겠어. 비결이 뭐야?"

"사는 게 다 재미있잖아. 재미없어? 저기 저 안 부장 하는 짓 좀 가만히 보고 있어 봐. 얼마나 재미있어!"

옛날에 직장 생활할 때, 동료들은 나를 신기해하곤 했다. 전철타고 출근하던 시절, 나는 거의 매일 "글쎄, 오늘 전철에서…" 하면서 그날 아침에 일어난 일을 들려주곤 했다. 그러면 직원들은 한바탕 웃고 나서 이렇게 묻는다.

"그런데 부장님, 우리도 똑같이 전철타고 똑같은 시간에 똑같은 길을 다니는데 어째서 부장님 주변에만 그렇게 이상한 일이 생기는 거죠?

우린 그런 걸 한 번도 보지 못했는데 말이에요. 그게 참 신기해요."

"글쎄 말이야."

어제 저녁에도 혼자서 한바탕 웃었다.

시골집에서 기차로 두 시간 거리인 서울로 올라오는 길이었다. 장항선 기차 안은 충청도 사투리로 푸근푸근했다. 나는 내 좌석 옆에서 들려오는 이야기에 귀를 기울이고 있었다. 홍성에서 올라오셨다는 할아버지와 중년 남자가 길동무가 되었다.

"할아버지, 연세가 지금 어떻게 되셨어요?"

"칠십."

"그런데 김밥을 소주하고 드시네요, 언제나 그렇게 드세요? 하루에 약주는 얼마나 하세요?"

"밥 먹을 때마다 반병씩이니까, 매일 한 병 반은 먹지."

"좀 과하신 것 아녜요? 약주만 조금 덜 드시면 건강하게 오래 사실 수 있어요."

"안 먹을 수가 있남? 온몸이 뻣뻣하고 결리다가도 소주만 한 잔 들어가면 확 풀리니께…."

"건강은 좋으세요?"

"웬걸, 요새 간이 덜렁덜렁 해. 금방 떨어질 거 같다니까."

"덜렁덜렁 한 게 아니라 벌렁벌렁 하시겠죠. 술을 많이 드시니까 그런 거예요."

"아녀, 덜렁덜렁 한다니께. 요봐, 금방 떨어질 거 같여. 그래서 마누라한테 간이 곧 떨어질 거 같다니께 뭐라고 하는 줄 알어?"

"걱정했을 테쥬."

"걱정? 아 글씨, 떨어지면 거기 있을 티지 워디로 가느녀."

우하하하, 그 할머니, 정말 달관의 경지에 오른 명답이 아니던가!

"아 글쎄, 걱정을 하는 게 아니라, 간이 떨어져도 거기 워디 있을 티지 가면 어디로 가겠느냐니 말이 되능겨? 정나미가 떨어져서. 간이 떨어지면 사람이 어떻게 사는감? 마누라한테 내 물었구먼. 난 당신이 죽으면 바로 따라 죽을 텐데, 당신은 어쩌겠냐? 이 할망구 말이… 두고 봐야 안다누먼. 내 참."

"할아버지는 정말로 따라 가실 수 있어요?"

"암, 따라가야지. 혼자 남아 뭔 재미로 사는감. 아 그런데 마누라는 그때 가봐야 안다능겨."

산다는 게 이 얼마나 재미나는가? 눈에 비치고, 귀에 들리는 주변의 모든 것이 이토록 날 웃음 짓게 하고 마냥 새롭고 신기한데. 얼굴도 모르는 멋쟁이 할머니까지도 날 이렇게 행복하게 해 주는데.

물론 일도 내겐 늘 이런 식으로 흥미롭고 살맛을 주는 것이다.

언제나 내일이 기대되면서도 어제의 경험 또한 소중하다.

'행복하다는 것', 그게 뭐 그 이상이겠는가?

너는 참
괜찮은 여자야

그녀는 웃고 있었다.

헤어진, 아니 일방적으로 떠나가 버렸다는 표현이 더 정확한, 남자의 전화를 전혀 예고 없이 십수 년 만에 받아 들고는. 마치 어제 통화하고 오늘 다시 통화하는 듯 여유롭게.

"오래간만이네요. 목소리가 나쁘진 않네요."

"…."

"꼭 만나야 할 일인가요?"

"…."

"얼마나 늙었는지 볼 겸해서 웬만하면 나가고 싶은데 지금 중요한 일이 걸려 있어서 시간 내기가 힘들어요."

"…."

"내가 달라진 것이 아니라 당신이 나에 대해 몰랐던 거죠."

산다는 게 이 얼마나 재미나는가?
눈에 비치고, 귀에 들리는 주변의 모든 것이 이토록 날 웃음 짓게 하고 마냥 새롭고 신기한데.
자연은 내가 생각했던 것보다 훨씬 더 크게 나를 감동시켰다.

"…."

"그때는, 내가 아직 어려서 나의 가치를 몰랐어요. 나도 나를 몰랐는데 당신이 날 알았겠어요?"

"…."

"미안해할 것 전혀 없어요. 당신과의 일뿐 아니라 궂은일이든, 좋은 일이든 지나간 일은 내게 모두 소중해서 하나도 버리고 싶지 않아요. 모두 지금의 나를 있게 한 거름이니까요."

"…."

"난 상당히 괜찮은 여자였고 지금은 더 괜찮아졌어요."

"…."

"당신은 내 사랑을 담기엔 그릇이 너무 작아요."

"…."

"언제든 전화하세요."

전화를 끊고 그녀는 깊은 숨을 내뱉었다. 그러고는 날 보며 씩 웃으면서 말한다.

'이제야 마침표를 찍었네.'

끝났지만 끝내지 못했던 사건의 마침표를 드디어 찍은 그녀는 다시 일상으로 돌아간다. 마치 아무 일 없었던 듯이.

사태를 정확하게 판단하고 분명하게 행동하는, 잔가지는 쳐내고 큰 가지만 남겨 두는 것이 그녀의 스타일이다. 일만 그렇게 하는 줄 알았더니 연애도 그렇게 한다.

그 여자는 자신을 사랑하니까.

내가 커리어 우먼으로 나름 자리 잡고 있을 때 오랜 직장 생활의 경험을 담은 책을 내놓았다. 의외로 많은 분들이 그 책을 좋아했다. 그 후 내게 '성공한' 이란 형용사가 따라붙게 되었다. 나는 방송과 신문 그리고 잡지에서 '성공한 여성'으로 소개되었고 그때 새삼 '내가 정말 성공한 여성인가?' 하는 생각을 하게 되었다.

성공이란 무엇일까? 돈? 지위? 그렇다면 나에게 성공이란 말은 어울리지 않는다.

언젠가 우리나라 남성 샐러리맨들을 대상으로 조사한 결과를 보니, 내 나이 남자들과 비교해서 직위나 월급으로 본다면 내가 특별히 성공했다고는 말할 수 없었다. 단 여자들만의 비교라면 평균을 훨씬 웃도는 것이 사실이었다. 그래도 '성공한' 이란 형용사를 붙이기는 어색했다.

그럼에도 불구하고 스스로에게 내린 결론은 '나는 성공한 여자' 였다. 이유는, 지금 내 모습을 내가 사랑하기 때문에. 내가 내린 정의는 '지금 현재의 내 모습에 스스로 만족한다면 그것이 바로 성공' 이라는 것이다. 나는 가끔 나의 밖으로 나와 나를 바라보면서 말한다.

"너는 참 괜찮은 여자야."

자신에서 나와서 나를 마주 보며 그 모습을 사랑할 수 있으면 그게 성공한 인생이 아닐까?

내가 나를 사랑할 수 있도록 만들어 나가는 것, 그것이 성공의 과정이라고 나는 생각한다.

여자라서 좋다

직장 생활에서는 내가 여자라서 손해를 보았다기보다 오히려 득을 많이 본 것 같다. 그렇다고 여성으로서 차별을 전혀 겪지 않았다는 것은 아니다. 차별을 말하자면 이 사회의 차별이 뭐 여성에 대한 것뿐이겠는가? 학력 차별, 나이 차별, 지역 차별, 장애인 차별, 외모 차별 등 숱하디숱하다. 내 얘기는 지금 이 자리에 오기까지 여자라서 유리한 점이 적지 않았다는 말이다.

여성의 가장 큰 강점은 '지킬 건 지키고자 하는 의지'와 '정직성'에 있다고 본다. 남자와 여자를 놓고 볼 때, 정직성 면에서 여성에게 더 후한 점수를 주게 된다. 이것은 여성의 입장에서 생각하는 것 이상으로 따먹고 들어가는 점수다. 일터의 대부분은 사람과 사람의 관계다. 그 관계에서 처음 따고 들어가는 신뢰의 점수만 까먹지 않고 지킬 수 있다면 남성 중심의 사회에서도 어렵지 않게 목표에 도달할 수 있다. 여성의 강점인 신뢰는 바로 땅으로 표현되는 여성성에서 나온다고 본다.

부모님과 함께 땅콩을 심었다. 농사지으면서 제일 흥분되는 때는 아무것도 없는 땅에서 싹이 뾰족뾰족 올라올 때와 그 열매들을 거두어들일 때다. 그런데 뾰족뾰족 싹이 올라올 때가 되었는데도 땅콩 밭에서 영 소식이 없었다. 땀 흘리며 밭을 갈던 때를 생각하시던 아버지의 조바심은 대단했다. 땅콩을 심은 두렁 옆에는 수박 씨앗을 심어 놓았는데, 땅콩보다 훨씬 전에 심은 그곳에서도 한두 구멍만 뾰족하게 싹이 나왔을 뿐 소식이 감감하다.

"아무래도 씨앗을 잘못 사온 모양이야."

이른 새벽 자리에서 일어나 제일 먼저 밭으로 나가 보곤 하던 아버지는 차츰 포기해 가고 있었다.

"아버지, 너무 속상해하지 말고 엄마랑 바람이나 쐬고 오세요."

나는 아버지의 사기도 좀 돋울 겸 밭일이 더 바빠지기 전에 훌훌 잊어버리고 어머니와 제주도나 다녀오시라고 권했다. 그렇게 모처럼 날을 잡아 제주도로 떠나시는 날, 아침부터 비가 주룩주룩 내리기 시작한다.

제주도에서 온 어머니의 전화, 계속 내리는 비로 하루 종일 차 안에만 앉아 계신단다. 3박 4일 내내 제주도에 내리는 비만 바라보다가 두 분이 집으로 돌아오셨다. 우리 동네는 그때까지도 빗발이 완전히 걷히지 않았다. 아버지는 집에 도착하자마자 비에도 아랑곳 않고 곧바로 밭으로 가셨다. 그때 아버지는 보셨다. 전혀 가망 없어 보이던 밭에, 씨앗을 심어 놓은 구멍구멍마다 그 무거운 흙을 들추고 나온, 마치 두 손을 세상으로 내밀어 보이는 듯한 파란 생명을. 생명은 비를 흠뻑 머금고 부드러워진 흙 속에서 며칠 사이에 얼굴을 쏙 내민 것이다. 그러고 보니 계속 내린 비로 먼 산의 연초록빛이 진초록으로 바뀌었고 들녘에도 생기가 돋아나기 시작하고 있었다.

"싹이 다 나왔어!"

흥분한 아버지가 어머니에게 달려가 소식을 전하자 어머니는 조용히 말씀하신다.

"땅은 절대로 사람을 속이지 않아."

우리는 땅에 대해서 많이 이야기해 왔다. 격언이나 속담으로도 빗대고 덕담으로도 건넨다. 인생에게 올바른 방향을 제시하려 할 때마다 땅과 관련된 비유를 자주 인용한다. 그럼 내 나름의 지론을 하나 펼쳐 보이겠다. 우리 선인들도 남편은 하늘, 아내는 땅에 비유했다. 이 비유는 간혹 남존여비의 극단적인 예가 되기도 했지만.

'하늘 같은 남편', 이 말은 거의 숙어로 굳어진 우리말이다. 오랫동안 무심코 쓰여서 모두에게 스르르 각인된 이미지다.

'하늘 같다' 라는 게 어떤 것인데? 이런 의문을 가져 본 적이 있는가?

우리가 갖고 있는 하늘은 어떤 이미지고 땅은 또 어떤 이미진가?

하늘은 존경받는 이미지지만 땅은 그렇지 않은가? 내 경우는 절대로 아니다. 하늘은 추상적 개념이라서 실제로 존재하지도 않는 것이다. 눈

전혀 가망 없어 보이던 밭에, 씨앗을 심어 놓은 구멍구멍마다 그 무거운 흙을 들추고 나온,
마치 두 손을 세상으로 내밀어 보이는 듯한 파란 생명을.
지금 위기를 맞고 있는 우리 인류를 구원할 힘은 바로 땅에 있다.
땅은 절대 사람을 속이지 않으니까.

의 착시일 뿐 아무것도 아니라는 게 내 생각이다.

"너는 뭐 하늘에서 떨어졌니?"

달리 보면 하늘은 근본이 없다는 말이다. 반대로 땅은 손에 잡히는 구체적인 개념이다. '땅' 하면 제일 먼저 떠오르는 이미지는 '신뢰감' 이다. 땅은 정직할 뿐더러, 무엇보다 중요한 재생산을 끊임없이 성실하게 한다. 가장 소중하고 가치 있는 노동만 더해 주면 땅은 계속해서 세상을 다시 만들어 낸다.

그러니 여성이 땅임을 거부할 이유가 없다. 다만 왜곡된 땅과 하늘의 의미는 바로잡아야 한다. 우리 아이들에게 올바른 의미를 가르쳐 준다면 '하늘 같은 남편' 이라는 숙어는 사라질 것이다.

이미 지구 위 하늘엔 구멍이 뚫리고 있지 않는가?

하늘 같은 남성들이라고? 그래, 하늘인 채로 놓아 두자.

'땅은 절대로 속이지 않아.'

지금 위기를 맞고 있는 우리 인류를 구원할 힘은 바로 땅에 있다.

꿈은 이루어진다

나를 만나러 오는 젊은이들의 이야기다.

전공을 살려서 일하고 싶은데 엉뚱한 것을 하고 있을 수밖에 없는 현실에 좌절하고 낙담하는 경우를 많이 보았다. 그 간극에서 오는 회의와 갈등, 충분히 이해가 간다. 지금 하고 있는 일이 원하는 일도 아닐뿐더러 아까운 '시간 낭비' 라는 생각이 들 수도 있다. 다 때려치우고 오로지 하고 싶은 일에만 도전하고 온 정력과 시간을 쏟아붓고 싶은데 경제적 여건이 따라 주지 않으니 일에 대한 흥미와 열정 없이 싫은 일 하면서 시간만 죽이고 있다는 것이다.

그럼 꿈을 이루는 방법을 생각해 보자. 꿈을 향해 직선으로 달려가는 방법도 있지만 멀리 돌아가는 방법도 있다. 도전은 포기하지 말되, 그것이 뜻대로 안 된다고 해서 주저앉거나 절망할 필요는 없다. 하고 싶은 일이나 꿈에 이르는 길이 딱 하나만 있는 건 아니니까.

지금 하고 있는 일, 무엇이든 열심히 하길…. 꿈을 이루기 위한 밑천이자 과정이니까.
용기, 무모함 그리고 기다림으로!

살아오면서 나는 한 가지 믿음을 갖게 됐다.

'꿈은 꼭 이룰 수 있다!'는 믿음.

많은 사람들이 나름대로 꿈을 설계하지만 실제로 자기 설계도대로 인생을 완성해 나가는 사람은 드문 것 같다. 사느라 바빠 내게 꿈이 있었다는 사실을 잊어버리거나 접어 버린다. 그럼에도 불구하고 꿈을 꼭 이루겠다는 갈망을 품고 그 꿈을 놓지 않고 산다면, 시기가 문제이지 언젠가는 이루어진다고 믿는다.

20대 후반에 나는 '인생의 말년은 도시가 아닌, 시골에서 손에 흙 묻히며 살다 마감하고 싶다' 라는 생각을 최초로 했다. 도시 생활은 아무래도 죄지을 일이 많아, 어떡하면 죄를 덜 짓고 살까를 생각하다가 내린 결론이었다. 그때 나는 빈손이었으면서도, 30년 후의 나의 삶의 모습에 대한 그림만큼은 확실하게 그렸다. 그렇게 최초로 설계도를 그린 지 20년이 되었을 때, '나는 때가 되었다' 판단하고 작업에 들어갔다. 아파트 평수를 늘려 가려던 계획을 포기하니 그 돈으로 시골에 1,000평의 땅과 집을 살 수 있었다. 많은 사람들이 '시골 가서 살아야지' 하는 꿈을 꾸고는 있지만 막상 살고 있는 아파트를 팔지는 못한다. 절대로 못한다. 그러나 나는 20년 동안 계획해 온 일이라 주저함이 없었다. 꿈꾸는 자에게 꼭 필요한 것이 있다면 '용기' 와 '무모함' 그리고 또 한 가지 '기다림' 이다.

젊은 여성들에게 꿈으로 그려진 인생의 설계도를 하나 갖고 있으라고 권하고 싶다. 그 꿈을 이루는 데 20년이 걸릴지 30년이 걸릴지 모르지만. 내 경우에는 그 꿈을 한 번도 접어 본 적이 없었고, 중요한 것은 꿈이 있어 20년 동안 늘 행복했다는 사실이다.

그러니 꼭 좋아하는 것을 직업으로 삼아야만 성취감을 느끼는 건 아니라고 생각한다. 생계를 유지하는 '돈 버는 수단' 과 '하고 싶은 것' 이 일치하면 더없이 좋겠지만 대부분의 경우 그렇지 못하다. 요새는 각종 동호회가 있고 취미 생활하는 방법도 다양해지고 있다.

건축을 전공한 사람이라면 실내 건축과 관련된 마니아가 되어 보는 것은 어떨까? 언젠가는 내가 꿈꾸던 실내 건축에 대한 책을 낼 수도 있을 것이다. 그게 그렇게 불가능하지가 않다. 읽은 책 중에 보통 아줌마가 쓴 《한옥 짓는 이야기》, 어떤 신부님이 쓴 《손수 우리 집 짓는 이야기》란 책은 일반인의 훌륭한 건축학 개론으로 기억에 남는다.

20대. 무엇이든지 꿈꿀 수 있고, 그 꿈을 틀림없이 이룰 수 있는, 가능성이 무한대인 나이다. '자신에 대한 회의'에 빠져 있기에는 너무나 아름다운 나이다.

지금 하고 있는 일, 무엇이든 열심히 하길…. 꿈을 이루기 위한 밑천이자 과정이니까.

할머니, 나 괜찮지?

할머니가 한 번 다녀가라고 하신다.

"너는 집에 들를 시간이 없을 테니 내가 집 앞 버스 정류장에 나가 있을게. 출근할 때 잠깐 내려 얼굴이나 보고 가거라."

할머니는 외삼촌 댁에 사셨다. 그 앞을 매일 지나면서도 잠깐 내려 할머니를 찾아볼 마음의 여유조차 없었다. 하루 날 잡아서 할머니와 약속하고 외삼촌 댁 앞에서 내리니 벌써 할머니가 버스 정류장에 나와 있었다.

"할머니, 날씨 쌀쌀한데 스웨터라도 입고 나오지. 저고리만 입고 나왔잖아?"

"나야 뜨신 방에서 잘 지낸다만… 그래, 어떻게 지내냐?"

아버지 사업이 실패한 뒤로 갑자기 어려워진 우리 집 걱정이다.

"우리 걱정 하지 마. 아버지 곧 일 시작할 거야. 나도 아르바이트하면서 공부하니까 더 재미있어. 버스 오네. 이제 가야 되는데."

"그래, 이거 돈 될 거다."

할머니는 저고리 앞가슴에서 브로치를 얼른 빼어 내 손에 쥐어 주신다. 지난해 환갑잔치 때 삼촌이 해 준 다섯 돈짜리 금브로치였다. 삼촌이 알면 섭섭해할까 봐 장롱 깊숙한 곳에서 꺼내어 옷에 달고 나온 것이었다.

"네가 이걸 가져가야 내 마음이 편안하다. 어여 가!"

할머니는 한 손으로는 풀어지는 앞가슴을 여며 잡고, 다른 한 손으로는 어여 가라며 나를 재촉한다.

나는 브로치를 손에 들고 차에 올랐다.

차창 밖으로 보니, 그때 한 줄기 바람이 할머니의 저고리 앞섶을 파고들었다. 젖혀진 저고리 사이로 할머니의 마른 젖가슴이 보였다.

그 일도 벌써 40년이 훌쩍 넘었다. 아버지 사업의 실패로 형편이 어려울 때, 손주들 중 유독 나를 사랑하셨던 외할머니는 나 고생할까 봐서 노심초사하느라 속병까지 얻으셨다.

할머니 돌아가시어 반듯하게 누워 계실 때, 늘 하던 대로 할머니 젖꼭지 찾아 손을 넣으니 할머니 젖가슴이 왜 그리 차디차던지.

"우리 효신이는 하고 싶은 것 맘껏 하고 살아라. 우리 강아지는 영리해서 무엇이든 해낼 거야. 네가 원하면 무엇이든 될 거다." 하시더니….

할머니 덕분에 난 내가 남자인지 여자인지 구별도 안 했고, 생각에 차이도 없었다. '조종사가 될 거야. 아니 물리학자도 괜찮은데' 하면서 장래희망에도 구분이 없었고 여자라서 하고 싶은 것을 접은 적도 없었다. 할머니가 '내 인생 내가 설계하라'며 자주 해 주신 말이 귀에 쟁쟁하다.

"여자라고 꼭 결혼을 해야 되는 건 아니다. 너 하고 싶은 대로 해라."

지금 하늘에서 나를 내려다보고 계시면, 우리 할머니 흐뭇해하실 거다. 할머니 소원하던 대로 손녀딸이 신바람 나게 살고 있으니까.

그래, 너하고 싶은 대로 해라. 신바람 나게.

15년 동안 준비한
시골행

은퇴 후 어떻게 살 것인가?

나는 40대 중반이 되면서 구체적인 계획을 짜기 시작했다. 그리고 결정했다.

은퇴 시기는 '힘이 남아 있을 50대 후반'.

그럼 어떤 모습으로?

시골로 가자, 흙을 만지면서 노동하며 살자.

그동안 지은 죄 고해성사해서 용서받고, 가능하면 더 이상 죄 짓지 말자.

더 욕심내지 말고, 있는 것 하나하나 버리면서 살자.

죄를 덜 짓고 사는 방법, 그건 땅과 함께 하는 것이라 생각했다. 저 인간이 무슨 생각을 하는지 읽어 내어 묘책을 짜고(쉽게 말해 머리 굴리는 거지), 목적을 이루기 위해서는 거짓말도 해야 하고, 가슴에 불이 날 정도로 미워도 하고, 의무감으로 마음에 없는 웃음도 지어 줘야 하고…. 이런 복잡함 훌훌 털어 내고 그냥 심플하게 살고 싶었다. 이리하여 나의 시골살이 준비는 15년 동안 차근차근 진행되었다.

첫 단계는 계획을 수립하되 생각만 하지 말고 실행에 옮기는 것이었다. 하여 1991년 계획을 구체화하고 1994년 충남 예산에 터를 마련했다. 1994년은 일산과 분당 신도시가 개발되어 아파트 분양이 한창인 때였다. 내가 근무하던 사무실에서도 아파트 청약의 붐이 일었고 나도 당시 아파트를 좀 넓히고 싶어 청약하려고 뛰어갔다가 마음 바꿔 돌아섰다.

'집은 좁은 대로 그냥 살고 그 돈으로 시골살이 준비나 하자.'

그때 일산의 32평 아파트 분양가는 9,000만 원 정도. 나는 아버지 고향인 예산으로 내려갔다. 예산에 사는 사촌언니에게 부탁하여 적당한 땅을 물색하고 마침 마음에 드는 땅이 나와 4,500만 원으로 밭 900평을 사고 다음 해에는 4,500만 원으로 집을 지었다. 1차로 1995년, 부모님이 서울 살림을 정리하고 예산으로 내려가셨다. 나도 주중은 서울에서, 주말은 예산에서 지내는 생활을 시작했게 됐고 날이 갈수록 하루라도 빨리 시골로 내려가고 싶어 아주 안달이 난 상태였다.

"월수 100만 원만 보장되면 당장 내려가겠는데…."

주변 사람들조차 이런 내 소망을 모르는 사람이 없었다. 부모님을 모시고 농사로 당장 생계를 이어가기는 무리였기 때문에 내가 계산해 낸

풀각시 아니 농사꾼 박효신으로 가는 길. 매일매일이 기다려지고 새로우며 흥분되는….

최저 생계비 100만 원은 매달의 고정수입으로 필요했다. 하고 싶은 것은 널리 소문낼수록 좋은 것이다. 나의 수호천사가 뜻밖의 행운을 가져다주었다. 어느 날 가까운 후배가 전화를 걸어왔다.

"언니, 온양에 민속박물관 관장을 구하는데 내가 언니 얘기 하니까 좋다고 그러는데, 내려갈래?"

"두말하면 잔소리지. 생각이고 말고가 어디 있어. 당장 내려가는 거지."

온양은 예산에서 30분 거리니까 출퇴근도 가뿐했다. 2004년 나는 서울 생활을 완전히 정리하고 예산으로 거처를 옮겼다. 시골살이 준비 2단계가 시작된 것이다. 시골살이에 적합한 몸을 만들고 의식과 생활방법을 바꾸어 가는 단계였다. 그렇게 2년 동안 일과 시골 살림을 병행했다. 그동안 동네 사람들과는 너니 나니 하는 사이가 되었고, 농협, 면사무소, 우체국, 보건소 등 동네 기관들과도 친해져 내 집같이 편하게 드나들게 되었다. 그러던 중 어머니 건강에 이상이 생겨 직장을 완전히 접기로 결정했다.

드디어 2006년 1월 나는 직장에 사표를 쓰고 공주대학교 산업과학대학 농업경영자 과정 원예반에 등록했다. 농사일을 정식으로 배우기 위해서였다. 2006년 4월 31일 직장에서 사표가 수리되고 5월 1일부터 나는 온전한 시골사람이 되었다. 첫 농사는 학교에서 배운 옥수수 농사. 땀은 짜지만 달았고, 노동은 힘들지만 개운했다. 땅은 나를 정화시켜 주니 매일매일 새롭게 태어나는 기분이었다.

흔히들 말한다.

"시골에 가서 농사나 짓고 살고 싶다."

그러나 이상한 건 그렇게 '시골에 가서 살고 싶다' 고 말들은 하면서 정작 실천에 옮기는 사람은 극히 드물다는 것이다. 사실 시골로 내려가는 건 결코 돈이 드는 일은 아니다. 생활비도 지금의 3분의 1이면 충분하다. 지금 살고 있는 아파트 팔면, 아파트가 없더라도 전셋돈이라도 빼면 당장 할 수 있는 이동이다. 그러나 아이들 교육 문제 때문에 선뜻 행동에 옮기지 못한다.

하지만 예산과 대흥의 중고등학교 졸업생들도 서울에서 내로라하는 대학교에 간다. 매년 학기 초 마을에는 커다란 현수막이 걸린다.

'누구네 집 아무개, 서울대학교 약학과 합격!'

'아무개, 공인회계사 합격!'

도시에서도 서울대학교 합격생 하나 없는 학교가 상당수 될 걸? 오히려 시골이 더 유리한 점도 있다. 대학마다 농촌 학생에게 할당되는 특별전형이 있으니 말이다. 그렇다면 우리의 가정을 좌지우지하는 교육 문제라 할지라도 서울에 꼭 남아야 될 이유가 못 된다.

도시를 당장 버릴 수 없는 이유 중 또 하나는 '많이 불편하고 심심할 것' 이라는 선입견. 눈에 불꽃 튀게 팽글팽글 돌아가는 세상에서 살던 사람이 매일 보아도 그게 그것, 그 일이 그 일일 것 같은 시골에서 견디어 내기 힘들 거라고 억측한다. 그러나 아니다.

서울에서도 하고 싶은 건 다 해 보며 살았던 나다. 그런데 지금까지 내가 해 본 것 중 씨 뿌리고 거두는 것보다 더 재미있는 일은 없었다. 매일이 기다려지고 새로우며 흥분되는, 내가 해 본 것 중 제일 재미있는 일이 바로 흙하고 노는 것이다.

어쩌면 '많은 노동을 해야 한다'는 것도 시골살이를 망설이게 하는 이유 중 하나일 것이다. 맞다. 시골살이는 게으른 사람은 굶기 딱 좋다. 몸 움직이는 것 싫어하는 사람이라면 시골로 갈 생각 말고 그냥 살던 대로 살아야 한다. 몇십 년 동안 도시 생활하다 하루아침에 농사나 짓고 사는 것은 거의 불가능하다. 그래도 가능한 방법은 있다. 돈이 많다면 멋진 곳에 터 잡고, 멋진 집 짓고, 텃밭 조금과 정원이나 가꾸고 살면 된다. 그러나 그렇게 사는 건 시골 사람들 약 올리는 일이다.

시골에서 살려면 꽃향기보다 거름 냄새가 더 향기롭게 느껴져야 하고, 한여름 뙤약볕에서 땀 흘리는 노동의 가치를 진정으로 깊이 느낄 수 있어야 한다. 땅속의 지렁이를 만지며 건강한 흙냄새를 사랑할 수 있어야 하고, 지금까지 알고 있던 지식이나 겉치레일랑 모두 쏟아 버리고 자연의 새로운 규범 속에 나를 맡길 준비가 되어 있어야 한다. 몽땅 버리고 다시 시작할 용기만 있다면, 노동할 체력만 뒷받침된다면 시골살이는 내일부터라도 가능하다.

"그러는 당신은 정말 시골사람이 되어 있는가?"

누가 내게 묻는다면 부끄럽지만 아직은 아니다. 다만 열심히 노력하고 있는 중이다. 지금까지 내가 했던 어떤 일보다 더 열심히 진정으로.

시골로 내려온 후 내가 꼭 해보고 싶은 것 이 하나 있다. 명함을 만드는 것이다. 35년 직장 생활 동안 나는 늘 직함과 소속이 있었고 나를 알리는 명함이 있었다. 시골로 내려온 초기까지도 서울에서 알던 사람들은 날 만나면 명함을 달라고 했다. 일일이 설명하기가 번거로워서 나는 명함을 만들었다.

'풀각시 박효신'

집 주소, 전화번호, 이메일 주소, 그리고 '풀각시 뜨락'이라는 블로그 주소를 적어 나름대로 예쁘게 만들어 가지고 다녔다. 그런데 내가 정말 갖고 싶은 명함은 사실 이랬다.

'농사꾼 박효신'

아직은 감히 이런 명함을 장만하지 못했다. 내가 지금 하고 있는 것은 진짜 농사꾼의 눈에는 놀이요, 내가 보아도 날라리기 때문이다. 진정 부끄럽지 않은 농사꾼이 되는 날, 나는 새 명함을 찍으련다.

모두가 시골에 있어야만 자연친화적인 삶을 살 수 있다고는 생각하지 않는다. 아무리 시골에서 생활하고 싶어도 그럴 수 없는 사람도 있을 테고, 또 시골의 삶 자체에 도무지 흥미를 느끼지 않는 사람도 있을 것이다. 다행스럽게도 나는 시골 생활이 내 적성에 딱 맞는다. 육체노동은 내가 늘 갈망하던 일이었고, 자연에 대한 흥미와 사랑은 시골로

와 살면서 더욱더 커져 가고 있다. 지금 나는 바람에 날리는 작은 씨앗에서, 흙 묻은 호미 자루에서, 땡볕 노동 후 입술에 남아 있는 짠 소금기에서 넘치는 행복을 맛보고 있다.

뛰고 또 뛰었던 직장 생활 35년, 비교적 성공적이었다. 그러나 그렇게 목숨 걸고 매달렸던 일들. 지금 생각하니 별것도 아니다. 행복은 멀리 있는 것도 아니고 운 좋은 사람에게만 있는 것도 아니다. 행복은 구하는 사람에게는 언제나 손 뻗으면 닿을 만한 거리에 있다고 나는 믿는다.

풀각시의 소박하고 행복한 시골살이. 시골살이를 꿈꾸고 있는 사람들과 나의 작은 경험을 나누며 함께 공감하고 싶다.

귀농을
생각하신다고요?

언젠가 귀농을 생각하고 있다는 40대 여성이 찾아왔다. 그는 이미 한 번 귀농을 했다가 실패하고 다시 도시로 돌아가 살고 있다고 했다. 그러나 귀농의 꿈을 버리지 못하여 재차 도전해 보기로 했다는 것이다.

"이번에 또 실패하고 싶지 않아서요. 풀각시 님은 도대체 어떻게 사시기에 그렇게 행복한 시골살이를 하시는지 직접 보고 싶고 또 조언을 들으려 왔어요."

그의 이야기를 죽 들어보니 귀농에서 실패할 수 있는 한 가지 문제가 있었다. 그는 외로움을 선택한 사람이었다. 간섭받지 않고 조용히 살고 싶어 했다. 집터를 잡을 때도 다른 집들과 아예 뚝 떨어진 외진 곳을 선택하였고 자기 생활을 방해받고 싶지 않아 동네 사람들과는 일절 접촉을 하지 않았다고 한다. 내성적인 성격에 자기 방어 성향이 강했다.

"이야기를 들어 보니 그대는 그냥 도시에 사는 게 낫겠다. 성격이나 인생관을 바꾸면 몰라도. 시골에서는 사람들과 어울려 살아야 돼. 그게 싫으면 많이 힘들어져."

물론 시골에서도 사람들과 어울리지 않고 혼자서 살 수는 있다. 그러나 그렇게 살면 재미가 없다. 그리고 참 힘들다. 정신적으로도 문제가 되지만 그보다 더 중요한 것은 실리적인 측면에서다. 때로는 과한 관심이 귀찮을 수도 있지만 사실 얻는 것이 더 많다. 도시와 같이 의료나 문화 시설들이 가까이 갖추어져 있지 않아서 멀리 떨어져 사는 아들보다 매일 보는 이웃이 내게 더 큰 도움이 된다. 실제로 이웃의 도움으로 생명을 건지는 일도 많다. 다만 누구나 다 시골 생활이 적합한 것은 아니다. 시골의 참맛은 사람들과 어울리며 사는 건데 그걸 천성적으로 싫어하는 사람이라면 시골인들 재미가 없을 것이다. 귀농해서 성공하려면 그곳에 사는 사람들도 아울러 사랑할 수 있어야 한다.

온 동네가 붉게 물들었다. 고추 수확의 계절, 마을은 붉은 주단을 깔아 놓은 듯하다. 조금만 판판한 곳이면 으레 말리는 고추가 차지하고 있고 밭에서도 고추 따기가 한창이다. 30도를 웃도는 살인적인 더위 속에서 고추 따는 일은 정말 힘들다. 몇 시간씩 쭈그리고 앉아 고추밭 고랑을 훑어가려면 갑자기 하늘이 빙그르르 도는 듯 현기증이 나고 다리엔 쥐가 나고 온몸은 땀범벅이 된다.

"새 집에 손님 많이 왔나베."

밭 가운데 새로 들어선 집 마당에 파라솔이 펴지고 주인장 따라 집 구경을 온 도시 손님들의 웃음소리가 들녘으로 퍼진다.

도시에서 농촌으로 오는 사람들은 두 종류다.

하나는 땀을 흘리고 농사를 지으며 진정한 농민으로 살기를 원하는 사람, 다른 하나는 좋은 공기 마시고 좋은 경치 보며 쉬는 곳으로 농촌을 선택한 사람.

어느 지자체에서는 농촌 살리기의 한 방안으로 '5도 2농'을 적극 권장하면서 도시 사람들에게 '1주일에 단 이틀만이라도 이곳에 와서 살아 주세요!' 사정하고 있지만 난 5도 2농을 좋아하지 않는다. 5일은 비어있고 이틀만 불이 켜지는 집, 그 이틀도 몸만 그곳에 있을 뿐, 도시의 정서와 문화를 차에 싣고 왔다가 다시 차에 싣고 떠나 버린다. 그런 종류의 귀농이 과연 농촌에 어떤 도움을 줄 수 있다는 건지.

농촌의 진정한 맛은 아직도 살아 움직이는 공동체 정신이다. 이웃 간의 끈끈한 정과 서로 미워하고 사랑하고 싸우고 걱정하고 대소사 같이 나누는….

시골로 내려오는 사람들은 우선 겸손해졌으면 좋겠다. 자연에 대해 그리고 그곳에 오래 살아 그 자연의 일부가 된 사람들에 대해. 이른 새벽부터 나와 고추밭에서 비 오듯 땀 흘리고 있는 명희 엄니가 사이사이 허리 펴면서 새 집 베란다에 쳐진 파라솔 아래 쉬고 있는 사람들을 물끄러미 바라보고 있을 때 나는 정말 슬퍼진다.

농촌의 진정한 맛은 아직도 살아 움직이는 공동체 정신이다.
이웃 간의 끈끈한 정과 서로 미워하고 사랑하고 싸우고 걱정하고 대소사 같이 나누는….

· 제2부 ·

농사꾼 풀각시의 느리게 살기

600살 된
은행나무 목신제

우리 마을 한가운데에는 수령이 600년 된 은행나무가 있다. 특이하게도 이 은행나무의 한가운데서 느티나무가 자라고 있다. 어느 날 은행나무 구멍으로 느티나무 씨앗 하나가 날아들어 발아한 것이리라. 느티나무와 은행나무가 마치 한 나무처럼 자라는 신기한 이 은행나무는 충청남도 천연기념물로 지정되어 있다. 굳이 천연기념물이 아니더라도 옛날부터 마을 사람들은 은행나무를 마을의 안녕과 복을 지켜 주는 나무로 숭배해 왔고 정월이면 좋은 날을 잡아 목신제를 올리고 있다.

목신제는 예부터 전해 내려오는 우리의 민속신앙으로, 음력 정월 대보름날 마을의 큰 나무에 형형색색의 종이와 헝겊을 걸고 상을 차려 제를 지내는 의식이다. 옛날 우리네는 사람 사는 곳이면 어느 곳이나 마을 한가운데에 나무를 심고 동네의 기둥으로 삼아 의지해 살았다. 지금은 개발이다, 현대화다 하여 도시에서는 거의 볼 수 없게 되었지만 아직도 시골 동네에는 이 나무들이 마을의 중심 역할을 해 주고 있다.

목신제를 지내는 모습은 마을마다 조금씩 다른 듯하다. 사전에는 정월 대보름날 아침 지내는 민속신앙이라 했지만 우리 동네 은행나무의 목신제는 정월 초하루와 보름 사이에 좋은 날을 잡아 해가 진 후 제를 올리고 있다. 올해는 음력 정월 초열흘(양력 2월 27일)날에 있었다. 원래는 그 전 주에 잡혀 있었는데 윗동네에 초상이 나 한 주 뒤로 미루어졌다.

제 올리는 날 아침부터 부녀회에서는 음식을 장만하고 남자들은 온 동네를 깨끗이 청소하고 나쁜 기운이 들지 않게 동네 입구와 은행나무 주변에 금줄을 친다. 해가 지면 먼저 정화의식을 시작한다. 동네의 중요한 식수원인 샘물로 가서 제를 올린다. 이 샘물은 지금은 사용하지 않고 있으나 옛날에는 온 동네가 의지하며 살았던, 마을에서 매우 중요한 장소였다. 샘물에 올리는 제가 끝나면 은행나무 앞에 제사상이 차려지고 동네 사람들은 예를 갖추어 자리를 잡는다. 그리고 법사는 액막이 소리를 한다.

비나이다, 비나이다.

은행나무 목신께 비나이다.

예산군 대흥면 교촌리 주민들은

오곡제물을 진설하고 온갖 정성 올리오니

우리 동네 은행나무의 목신제는 정월 초하루와 보름 사이에 좋은 날을 잡아 해가 진 후 제를 올리고 있다.
제 올리는 날 아침부터 부녀회에서는 음식을 장만하고 남자들은 온 동네를 깨끗이 청소하고 나쁜 기운이 들지 않게 동네 입구와 은행나무 주변에 금줄을 친다. 해가 지면 먼저 정화의식을 시작한다.

저희 정성 받으시고 동서남북 살피시어

가가호호 인간 액을 막으시고

농사 풍년 들고 가축 질병 없게 하여

1년 내내 다가도록 무사하게

목신께서 도와주셔 만세토록 복 누리게 하여 주시옵소서.

마을 대표가 축문을 읽으면 초헌관이 술을 올린다. 목신제는 술을 한 잔만 올리는데 목신은 살아 있는 신이기 때문이란다. 법사는 국태민안, 동네 안녕을 빌고는 이어서 주민 가가호호의 이름을 부르며 안녕과 축원을 빌어 주고 소지를 올린다. 우리 마을은 총 스물다섯 가구, 제일 웃어른부터 일일이 흉을 쫓아내고 복을 빌어 준다.

"삼사월에 건강을 해할 수 있으니 멀리 가지 말고 성질만 죽이면 집안 두루 편안하겠네."

뼹 둘러선 사람들은 법사가 빌어 주는 축원 한 마디 한 마디에 귀 기울인다. 더 큰 복을 원하는 사람은 떡시루 위에 걸쳐 있는 북어 주둥이에 지폐를 돌돌 말아 물려 놓고는 다시 한 번 절을 올린다.

나도 은행나무 신에게 간절하게 빌었다.

"우리 식구들 건강하게 해 주세요. 그리고 마음의 번뇌 만들지 말게 해 주시고, 쓸데없는 욕심도 부리지 말게 도와주세요."

동네 사람들은 마지막으로 제상에 올렸던 시루떡 한 조각씩을 나누어 먹는 일로 액막이를 하고 한 해를 다시 새롭게 다짐해 본다.

굳이 은행나무가 특별한 복을 내려 주지 않으면 어떠리. 여름이면 동네 가운데 큰 그늘 만들어 고된 삶의 땀을 식혀 주니 그 존재만으로도 충분한 것을. 은행나무는 허점 많은 인간들이 그 모자람을 채워 달라고 비는 수많은 염원을 600년 동안 묵묵히 받아 주고 있는 우리 동네 최고 보물이다.

느리게 사는 것도 괜찮아요

아침 11시경 이장한테 전화가 왔다.

"아니, 왜 안 나오능겨."

"오늘 회관에서 회의한다고 혔잖여."

"회의한다고만 했지 시간은 말하지 않았잖아. 전화로 알려 줄 줄 알았지."

"아, 아침 먹고 나오라닝께. 다 모였으니께 얼릉 와."

"난 아직 아침 안 먹었는데. 아니 생각해보니 그러네. 뭔 시간 약속이 그려. '아침 먹고' 아니면 '저녁 먹고'… 도대체 몇 시 몇 분이냐고?"

이상한 건 그런 시간 약속이 동네 사람들에겐 전혀 불편하지 않다는 것이다. 아무 문제없이 잘들 맞추고 산다. 처음에는 이런 시간 개념에 짜증도 났지만 시골이 여유롭다는 것은 바로 이 헐렁하게 가는 시간 때문이 아닐까 하는 생각이 들기도 해서 이제는 나를 맞추고 산다. 그래서 오늘도 나는 서두르지 않는다. 준비할 것 다 하고 양반걸음으로 천천히 회관으로 향하는 것이다.

농사일을 배우려고 예산에 있는 공주대학교 산업과학대학원의 특수과정인 원예반에 등록해 강의를 듣고 있을 때였다. 1년 동안의 과정이 마감되면서 졸업 리포트를 내야 했다. 교수님은 마감일 안에 꼭 제출하라고 신신당부하셨다. 나는 밤을 새워 가며 마감일을 칼같이 맞추었다. 허나 마감일까지 리포트를 낸 사람은 나를 포함해 댓 사람. 교수님은 한 번 더 기간을 연장해 주고 2차 마감까지 리포트가 들어오지 않으면 졸업논문집을 낼 수 없다고 통사정을 하셨다. 그런데 그 약속 역시 지켜지지 않았다. 끝내 교수님은 막무가내로 버티고 있는 학생 집을 일일이 방문하셔서 도와주어야만 했다.

"아니 바쁘실 텐데… 힘들어서 어떻게 찾아다니세요?"

"힘들어도 할 수 없지 어찌켜. 그리고 어차피 학생들 가정방문 계획은 있었으니까."

예산 토박이 우리 교수님이나 학생들이나 요만큼의 조바심도 찾을 수 없다.

시골 사람들의 이런 시간 개념은 삶을 자연에 맡기고 살다 보니 인간이 아무리 서둘러 봤자 땅이 마음을 열고 하늘이 움직여 주지 않으면 아무 소용이 없음을 체득한 탓이 아닐까 한다. 아무리 동동거려 봤자 자연이 마음먹은 때 비가 오고 때가 되어야 싹이 올라오니 말이다. 촉진제 없이 때를 따라 절로 무르익기를 기다리는 것이다.

서울 생활할 때는 지독한 시간 강박증이 있었던 나였다. 이곳에서 그 강박증세가 서서히 누그러지게 되었고 또 이렇게 살아 보니 이 또한 괜찮다.

서울 갔다 내려오는 길. 앗, 오늘까지 보내 줘야 할 돈이 있었는데 지금 시간 5시. 은행은 4시 반이면 마감해 버리니 신용에 금이 가는 난감한 상황이다. 시골로 내려온 후 나는 인터넷 뱅킹이니 텔레뱅킹이니 하는 디지털 방식은 일절 사용하지 않고 있다. 사람과 사람이 눈 마주치고 사는 것이 좋아서 그냥 아날로그 방식으로 살고 있다. 혹시 하면서 우리 동네 금융기관인 농협 지소에 전화를 건다.

"저 박효신인데…. 아시겠어요?"

"그럼요. 안녕하세요?"

주민 수가 몇 안 되어 그런지 고객의 이름과 얼굴을 기억해 주는 농협 직원이다.

"오늘 꼭 보내야 하는 돈이 있는데… 거기 도착하려면 5시 반은 될 거 같은데, 큰일났네…. 오늘 부치는 거 안 되죠?"

"5시 반이면 도착할 수 있으세요? 기다릴 테니 천천히 오세요."

아, 숫자에 칼 같은 은행조차 여유로움이… 게다가 천천히 오란다.

서울의 어느 은행 앞에서 기다리던 생각이 난다. 아침에 일이 있어 마음 급했던 나와 아침 9시 29분에 유리문을 두고 마주보며 서 있던 은행 직원. 바쁘니까 좀 열어 달라고 해도 시계 보고 있다 딱 9시 30분이 되어서야 겨우 문을 열어 주던.

직원이라 해 봤자 단 네 명뿐인 우리 동네 은행은 "아침에 좀 일찍 나가야 하는데…" 라고 말하면 8시 반부터 문 열고 기다려 주는 곳이다. 아마도 시간 안 지키는, 대한민국에서 하나밖에 없는 은행일지도.

이런 시간 개념이 좋은 것인지 나쁜 것인지 아직 결론을 내리지 않았다. 좀 더 두고 생각해 볼 작정이다. 왜냐하면 살아 보니 그게 편한 때도 있고 불편한 때도 있으니까. 하여튼 서울 습관이 아직도 많이 남아 있는 나는 급할 것 없는 이 생활에 어느 때는 조바심을 치다가 또 어느 때는 그냥 혼자 웃는다.

바비를 사랑하는
시골 할머니

친구들이 시골집에 놀러 온다고 해서 마중을 나갔다. 2년 전부터 사귄 친구들로 얼굴을 자주 대하지는 못하지만 전화나 블로그, 미니 홈피를 통해서는 제법 만나는 친구들이다. 모두 이삼십 대 친구들이니까 나와는 나이 차이가 삼사십 년이 난다. 그래도 우리는 세대차이를 전혀 느끼지 못할 뿐더러 아주 잘 통한다. 내가 이들을 만난 것은 바비킴 콘서트에서였다.

2007년 바비가 2집 앨범 발매 기념으로 어린이대공원에 있는 돔 아트홀에서 단독 콘서트를 가졌을 때였다. 바비킴을 열렬히 사랑하는 나는 인터넷 티켓 발매 개시 시간을 기다렸다가 잽싸게 들어가 예매 단추를 누른 결과 1층 맨 앞줄 한가운데 로얄석 중의 로얄석을 차지할 수 있었다. 예산에서 출발하고 일찌감치 공연장에 도착하여 앉아 있는데 누군가의 시선이 나를 따라다닌다는 느낌을 받았다. 조금 있다가 앞줄에 앉아 있던 한 사람이 내게 다가와 묻는다.

"혹시 박효신 님 아니세요?"

"맞는데요."

"안녕하세요? 저 아무개예요."

"아, 안녕하세요? 반가워요."

곧이어 여기저기서 다가온 사람들이 손을 내밀며 인사를 건넨다. 모두 바비킴 미니홈피의 게시글과 댓글을 통해서 익숙해진 이름들이었다.

"꼭 한 번 뵙고 싶었어요."

바비킴은 래퍼로 시작한 힙합가수이기 때문에 팬들도 주로 젊은 층이다. 나이 육십 넘은 팬이 나 말고 또 있을까? 내 미니홈피의 존재 이유 또한 순전히 바비킴 때문이다. 바비킴과 일촌을 맺고 그의 소식을 언제나 보기 위해서. 나는 바비의 미니홈피에 가끔 들른다. 아니, 매일 들른다. 그리고 가끔 댓글을 남기곤 하는데 여느 팬들과는 뭔가 좀 다른 냄새를 풍기는 내 글들을 보면서 그들은 날 몹시 궁금해했다는 것이다. 나는 콘서트 며칠 전 바비 홈피에 이런 글을 남겨 놓았었다.

바비 콘서트에 가시는 분들

4월 21일 돔 아트홀

수줍게 앉아 있는 할머니 보시거든

꼭 한 번쯤 손을 흔들어 줘요.

혹시 그게 나일지도 모르니

– 바비를 사랑하는 시골 할머니

내 글에는 곧 이런 댓글이 달렸다.

"공연 날, 제가 먼저 알아보고 덥석 안아 버릴 거예요."

무대 앞 중앙은 열혈 팬들 차지, 그 분위기와 어울리지 않는 할머니 하나가 끼어 앉아 있었으니 젊은이들이 나를 알아보는 것은 너무나 쉬운 일이었을 게다. 이날 많은 친구들을 알게 되었는데 그중에서도 몇은 자주 전화도 하고 생일카드도 보내 주면서 바비 소식을 챙겨 주는 등 아주 곰살궂게 군다. 이들이 어찌나 순수하고 예쁜지 나도 좋아하게 된 건 말할 것도 없고 오랫동안 사귄 친구처럼 허물없이 되어 버렸다. 자주 보지는 못해도 1년에 한 번씩 바비 콘서트 장에서 만나면 서로 부둥켜안고 방방 뛰고 볼 비비며 반가워한다. 그래서 그 후론 바비 콘서트에 시골 할머니 혼자 가도 전혀 외롭거나 어색하지 않았다. 하루는 어여쁜 이들이 우리 집에 놀러 오고 싶다고 해서 초대하게 되었다.

일행이 도착해서 집 안으로 안내하니 들어서자마자 벽에 걸린 큼지막한 액자를 보고 셋이서 그대로 그 앞에 주저앉아 버리고 만다.

"어머, 어머. 이게 웬일이야? 심장 떨려."

그들이 본 액자는 2007년 5월 바비킴이 손수 사인을 해서 내게 보내 준 포스터였다.

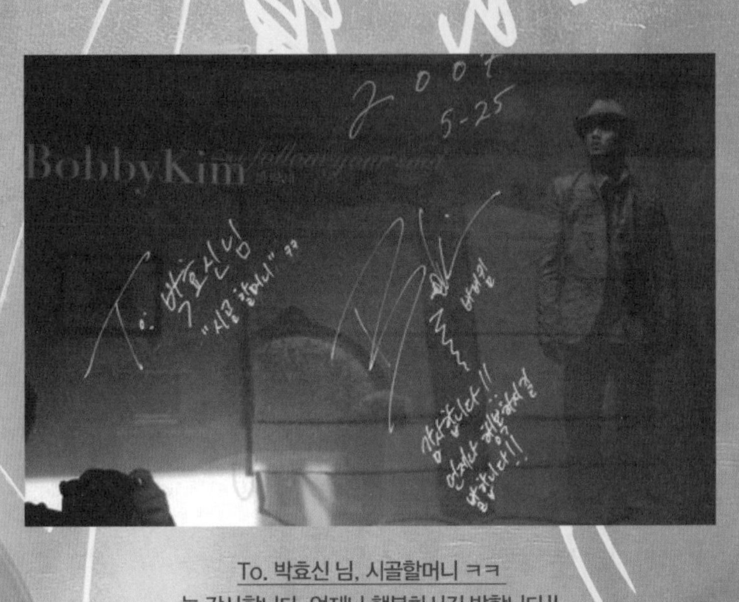

To. 박효신 님, 시골할머니 ㅋㅋ

늘 감사합니다. 언제나 행복하시길 발합니다!!

"발합니다? 맞네. 바비가 직접 쓴 거 맞네."

미국 이민 2세인 바비는 아직도 한글이 서툴러 미니홈피에도 종종 철자법이 틀린 글이 올라오곤 하는 것이다. 바비와 관련된 것이라면 무엇이든 자지러지는 이들은 액자 앞에서 난리가 났다.

"부럽지? 너희들 오면 자랑하고 싶었어. 호호호."

"어떻게 된 거예요? 진짜 바비가 보냈어요?"

"응. 2007년 책을 하나 냈는데 그 책 속에 '바비를 사랑하는 시골할머니' 라는 칼럼이 하나 있었거든. 그때 바비의 사진을 쓰기 위해 바비 소속사에 연락을 했더니 바비가 어떤 글인지 한 번 읽어 보고 싶다고 해서 글을 보내 준 적이 있었어. 바비가 그 글을 읽고 포스터에 사인해서 보내 준 거야. 정말 마음이 따뜻한 사람이야. 맞춤법 틀린 것도 진짜 귀엽지 않아?"

"바비 이번 스페셜 앨범, 대박이래요. 발라드도 완전 바비 스타일로 하니까 완전 다른 분위기고. 정말 그 누구도 흉내 낼 수 없다니까."

"소녀시대나 빅뱅 이런 그룹들과 함께 앨범 판매 순위에 나란히 올라 있는 걸 보면 정말 기특하지 않아? 요새 그룹들 빼고 상위 랭크되는 건 바비밖에 없어."

"요즘 OST는 완전 바비 판이야. 바비가 부르기만 하면 드라마도 대박이야."

"10년 동안 무명 설움으로 다져진 내공이 사람들을 감동시키는 거야."

"아, 바비 보려면 또 1년을 기다려야겠구나."

낮 12시에 만나 저녁 6시까지 우리의 수다는 끊이질 않았다. 정말 시간이 어떻게 갔는지도 모르게 즐거웠다. 다시 서울로 돌아가기 위해 그들이 일어섰을 때 오랜만에 어찌나 쉼 없이 떠들어 댔는지 내 목은 완전히 쉬어 버렸다.

"바비한테 고맙다고 해야 돼. 우리가 순전히 바비 때문에 만난 거 아냐?"

" 맞아요. 바비가 참 여러모로 좋은 일 하네요."

"그럼 다음 콘서트 때 만나요."

아름다운 인연 만들어준 바비, 고마워요.

<늘 시작, 당신이 주문을 걸면>

당신에게서는 언제나 처음의 냄새가 납니다.

낯선 듯, 익숙지 않은 듯, 늘 시작인 듯한…

그렇게 다가와 이야기를 들려주지요.

이별을 이야기하는데 미소 짓게 하고

절망을 이야기하는데 그 속에 파란 싹이 돋게 하고

어제를 이야기하는데 내일이 보이지요.

당신은 마법사인가요?

어떻게 눈물방울 속에 무지개가 뜨게 하지요?

2010 BOBBYKIM CONCERT
My SouL

BobbyKim
follow your soul

내 양말
예쁘기도 해라

“남들은 퀼트로 가방도 만들고 의자 커버도 만들고 3,200쪽을 붙여 이불까지 만든다는데…. 나는 그런 재주와 인내심은 없고…. 에라, 양말이나 꿰매자.”

뚫어진 채로 신고 다니던 양말을 훌러덩 벗어 들었다. 돌아다니던 전구 하나 찾아내어 양말 속으로 밀어 넣고 옛날 어머니들이 하던 방식대로 해 본다.

“기가 막히네! 우리 엄마들은 전구 넣고 양말 꿰매면 이리 쉽다는 것을 어떻게 생각해 냈을까?”

또 꿰맬 것 없나 양말 통을 뒤져 보니 한 짝씩만 남은 양말이 몇 개 보인다. 한쪽엔 하양, 한쪽엔 빨강. 신고 보니 색깔 조합이 기막히다. 양말은 반드시 양쪽 같은 색을 신어야 한다고 법전 어디에 나와 있는 것도 아닌데. 괜찮네.

하지만 사회통념상 요 조합을 정상으로 안 본다는 것이 맘에 걸린다. 그래서 약간의 수고를 더하기로 했다. 다시 전구를 밀어 넣고 40여 년 전 중학교 가사시간에 배운 기억을 더듬어 가장 기본적인 스티치로 꽃수를 놓아 본다. 의도된 코디라는 것을 선포하기 위함이다.

빨강 양말에는 흰 꽃을, 흰 양말엔 빨강 꽃을! 어머 예뻐라! 맘에 꼭 든다. 나는 빨강 하양 양말을 신고 나들이에 나섰다. 약속 장소에 들어서니 긴 시간 필요 없이 나의 양말로 시선이 와락 모아진다.

"어머머, 예뻐요. 어떻게 이런 생각을 하셨대요? 한 짝씩 남은 양말 괜히 버렸네."

"이거 대박 나겠다! 상품으로 만들어 보지 그래."

이날부터 짝짝이 양말은 나의 애장품이 되었다.

서울 생활을 완전히 정리하고 이곳으로 내려와 이삿짐을 풀 때 나는 정말 놀랐다.

'사는 데 꼭 필요치 않은 물건들을 왜 이다지도 많이 갖고 있는 거야? 그리고 당장 쓸 것도 아닌 걸 왜 이렇게 많이 쟁여 놓았던 거지?'

옷은 말할 것도 없고, 몇 년 가야 한 번 꺼내어 쓸 일 없는 주방도구들, 한 번 정도 사용하고 처박아 둔 취미생활 도구들, 평생 써도 다 못 쓰고 갈 잡다한 생활용품 등.

시골 생활을 시작하면서 나는 다짐했다.

'앞으로는 삶의 유지에 꼭 필요한 것이 아니면 절대로 사지 말자.'

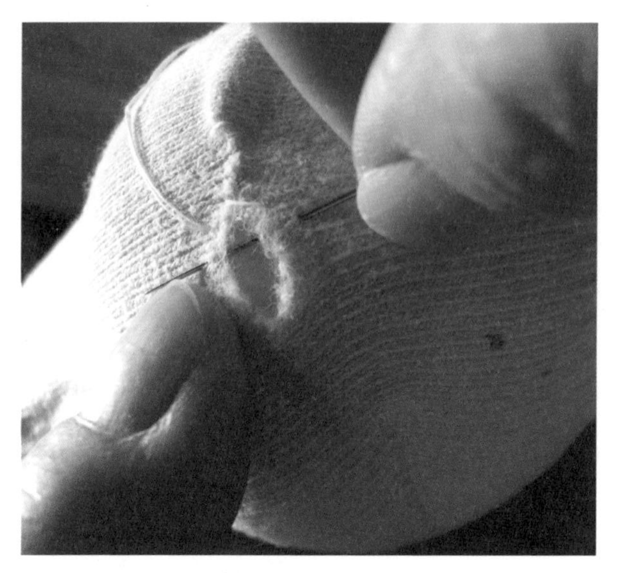

전구 넣고 양말 꿰매어 신는 외과수술, 오락 중의 오락이다.

내가 아끼고 덜 쓰기로 작정하고 가능한 한 실천하려고 애쓰는 이유는, 돈 때문이 아니라 쓰레기 때문이다. 땅과 함께 살다 보니 쓰레기 문제가 실감나게 다가왔다. 서울에 살 때는 쓰레기봉투나 분리통에 넣어 두기만 하면 척척 수거해 가니까 쓰레기의 양이나 처리 문제의 심각성이 덜 느껴졌다. 그런데 시골에서 땅과 함께 살다 보니 알게 되었다. 아무리 분리수거를 하고 신경을 써도 이 지구 위 어디엔가 남을 터, 그것이 우주 밖으로 날아가지는 않을 것 아닌가? 결국 이 땅 어디에 묻히고 쌓여 갈 것을 생각하면 절대로 함부로 버릴 수가 없는 것이다. 그래서 나는 나름의 소비생활 원칙을 정해 놓았다.

되도록 안 쓰고 버틴다.

쓴다면 땅속에서 썩을 수 있는 것 찾아 쓴다.

쓴 것 또 쓰고 또 써서 쓰레기의 양을 최소한으로 줄인다.

이리하여 전에 안 하던 짓도 한다. 해 보니 그것이 또 삶의 다른 재미를 준다는 것도 알았다. 전구 넣고 양말 꿰매어 신는 것도 이제는 나의 오락이 되었다.

뒤꿈치 꿰맨 내 양말, 꽃수 놓은 나의 짝짝이 양말, 예쁘기도 해라!

꽃수 놓은 풀각시 스타일의 짝짝이 양말, 그저 예쁘기만 하다.

바람과 흙이 가르쳐 주네

서울 생활을 접고 내려올 때 나는 마음에 몇 가지 다짐을 한 것이 있었다.

더 이상 인연은 만들지 말자.

더 이상 미워하지 말자.

더 이상 가지려 하지 말자.

사람들, 미움, 욕심. 도시 생활에서 나를 힘들게 하는 세 가지였다. 35년 사회생활 동안 수없이 만들어진 인연들, 그 많은 인연들 중 이해타산 없이 순수한 것은 몇이나 될까? 사람관리 잘하는 것도 능력이라지만 일 때문에 의무감으로 웃어야 하고 관리해야 하는 그 인연들이 점점 무거워졌다. 그리고 무엇보다도 나를 힘들게 하는 것은 내가 끊임없이 누군가를 미워하고 있다는 사실이었다. 내가 평화를 얻기 위해서는 이 미워하는 죄를 더 이상 짓지 말아야겠다고 생각했다. 또한 끝도 없이 샘솟아 올라오는 쓸데없는 욕심들. 이 마음병의 근원들로부터 완전히 해방되고 싶었다. 땅만 쳐다보며 살다 보면 욕심낼 일도 미워할 일도 없을 거라 생각했다.

그런데 그건 착각이었다. 나는 아직도 이 세 가지 번뇌에서 벗어나지 못하고 있다. 지금도 여전히 불끈불끈 솟아나는 욕심들… 새로운 환경에서 또 다르게 만들어지는 인연들… 그리고 또 다시 생겨난 미운 인간들…. 여전히 죄를 짓고 사는 나에 대한 답을 찾고 싶을 때 나는 뒷산을 오른다. 마음을 다시 한 번 정화시키기 위해서. 그럼 산이 말한다.

욕심을 버려라.

아름다운 것 볼 줄 아는 건강한 눈이 있고

아름다운 소리 들을 줄 아는 밝은 귀가 있고

아름답다 느낄 줄 아는 넉넉한 마음이 있고

먼 데서 가끔 찾아와 주는 다정한 친구들이 있고

편히 누워 쉴 안락한 집이 있고

가슴에는 아직 식지 않은 열정이 있는데

지금도 가진 것이 그리 많은데 무얼 더 갖고 싶어 하는 게야!

제 몸 하나 들여 놓을 구멍만 있으면 족한 인생.
나는 깨달았다.
어디에 있느냐가 문제가 아니라 어떤 생각을 하며 사느냐가 문제라는 것을.

산이 꾸짖는 소리를 들으며 나는 산을 내려온다. '따다다닥' 딱따구리라는 놈이 나무에 작은 구멍을 내어 집을 짓고 있다. 키 작은 나무 위에는 이름 모를 새의 작은 둥지가 있다. 제 몸 하나 들여 놓을 구멍만 있으면 족한 인생, 그렇게 살도록 주변의 이 많은 것들이 도와주고 있는데 어찌하여 사는 데 있어도 되고 없어도 되는 많은 것들에 집착을 하는 건지….

생각해 보니 끊지 못할 인연들이 많아 힘든 것이 아니라 나의 마음 다스림이 부족하여 힘든 것이었다. 인연은 아름다운 것이며 인연으로 인해 나는 기쁘고 즐거웠다. 그들을 피해 시골로 가자고 생각한 것은 옳은 게 아니었다. 나는 깨달았다. 어디에 있느냐가 문제가 아니라 어떤 생각을 하며 사느냐가 문제라는 것을.

길가에 피어난 이름도 모를 작은 풀들은 큰 나무의 그림자가 어디로 가든, 세상이 무슨 난리를 치든, 꼿꼿하게 제 생명을 다지며 제 갈 길을 가고 있다. 마음의 번뇌는 외부에서 주어지는 것이 아니라 내 마음 속에서 내가 만들어 가고 있다는 것을 반성하면서 산을 마저 내려온다.

시골살이는 싫은 무엇인가로부터 피하기 위해 시작하는 것이 아니라 새로운 삶의 꾸밈을 위해 시작해야 한다는 것도 깨달았다.

풀처럼, 꽃처럼 살자 했는데
언제쯤 이 모든 욕심에서 해방될까?
언제나 번뇌 없이 풀처럼 살게 될까?

풀과 바람과 흙이 전해 주는 말에 귀 기울이며 다시 한 번 마음의 숙제를 풀긴 하였으나 아직도 마음 수양은 멀기만 하다.

내 고향은 충청도예유

"아니 충청도 사람들 왜 그래?"

전에 근무했던 직장에 인사차 잠깐 들르니 선배님이 충청도에서 온 나를 보자 생각났다는 듯 얼마 전 주말여행에서 겪은 일을 들려주신다. 선배는 정해진 목적지 없이 서해안고속도로를 따라 가다가 때 되면 시골 식당에서 점심 먹고 차 마시고 올라올 계획이었단다. 충청도 땅에 들어서 점심때가 되어 톨게이트를 빠져나가 국도변 식당엘 들어갔다. 벽에는 열두어 가지의 메뉴가 붙어 있었다. 제일 쉽게 맨 앞에 붙어 있는 것으로 정했다.

"버섯전골 주세요."

"그거 안 되는 디유."

주문 받으러 온 주인 아저씨가 겸연쩍어했다.

"그래요? 그러면 그다음 거 좋겠네. 두부전골로 하죠. 2인분 주세요."

"그것두 안 되는 디유."

이쯤 되면 슬슬 짜증이 나기 마련.

"아니, 안 되는 건 뭐 하러 써 붙여 놨어요?"

주인장 하는 말.

"그냥유."

'그냥'이란다. 뭐 더 할 말이 있겠는가? 거의 포기 상태로 인내심을 발휘해 한 번 더 물었다.

"그럼 되는 게 뭐 있어요?"

그런데 주인장, 또 한 번 일격을 가한다.

"뭐가 잡숫구 싶으신 디유?"

속 터진다. 여태까지 말했잖아요!

"하여튼 충청도 사람들 알아줘야 해."

이 한마디로 선배가 나를 놀린다. 그런데 사실은 선배도 오리지널 충청도 사람이다. 그려, 그게 충청도여. 우리는 너무나 공감이 되어 한참을 웃었다.

시골로 내려와 힘들었던 것 중 하나는 서울 생활에 길든 내가 이곳 사람들과 생각하는 방법에서부터 표현하는 방법까지 완전히 다르다는 일종의 문화충격이었다. 그래서 초기에는 오해도 많았다. 이렇게 말해서 이렇게 하면 그 사람이 원한 건 그게 아니란다. 나는 일껏 생각해 준다

이 조롱박 터널을 지날 때마다 정말 행복했다.
지금은 사라진, 시골스러워 정겨웠던 구 예산역 건물

고 한 말에 상대방은 화를 내며 덤벼든다. 내가 아무 생각 없이 한 행동이 서운하단다. 그들을 이해하게 되고 척 하면 척으로 받아치게 되는 데에는 참 많은 시간이 걸렸다.

언젠가 동네 어른 몇 분을 모시고 식사 대접을 하려고 읍내 식당엘 갔다.

"뭐 드시겠어요?"

"아무거나 먹지 뭐."

"그래도… 뭐 좋아하세요?"

"그냥 알아서 시켜."

어른들은 굳이 내 마음대로 결정하라 하신다.

"알았어요. 갈비탕 어때요? 괜찮아요?"

"그러지 뭐."

"여기 갈비탕 넷 주세요."

여기서 끝나면 충청도 아니다. 주문 받고 종업원 막 돌아서려는데 한 마디 하신다.

"이 집 그거 별룬디."

으악!

'예' 도 아니고 '아니요' 도 아니고. 속내를 가늠하기 힘든 이런 표현법을 다른 지방 사람들은 '줏대 없고 음흉하다' 비아냥거리기도 하지만 그건 몰라서 하는 말이다. 줏대가 없는 것이 아니라 오히려 줏대가 너무나 확실하다. 아무리 바깥에서 폭풍우가 휘몰아쳐도 속에다 꽉 잡고 있는 것은 절대 놓지 않는다.

"뭐 먹고 싶냐?"

재차 물어보는 것도 듣는 사람은 속 터질지 모르지만, 그래도 '내 마음대로가 아닌 당신 뜻에 따라 해 줄 수 있는 데까지는 해 주겠다' 는 작은 성의 표시가 아닌가?

그렇다고 이제 이런 대화에 당황하지 않는다. 아니 이 단수 높은 충청도식 대화법을 즐긴다. 나도 제법 이들에게 물들었나 보다.

컴퓨터와 보너스

시골로 내려왔더니 학구열에 다시 불이 붙었다.

나는 매일 아침 9시 30분 군청으로 향한다. 컴퓨터 배우러. 시골살이를 시작하면서 인터넷으로 여기저기 뒤져 보니 농촌 주민들을 위한 프로그램을 더러 찾을 수 있었다. 컴퓨터 강좌도 예산군청 홈페이지를 뒤지다가 발견한 것인데 내가 찾던 '바로 그것'이었다.

"아하, 이런 프로그램이 있었구나."

컴퓨터 강좌는 농촌 주민 정보화 교육의 일환으로 단계별, 종류별로 1년 열두 달 진행되고 있었다. 게다가 도에서 지원해 주니 완전 무료에 교재까지 공짜다. 이럴 때는 세금 내는 보람을 느낀다. 프로그램을 살펴보니 컴퓨터 켜는 법부터 가르치는 기초반부터 자격증을 위한 자격증 취득반까지 매우 유용한 과정이었다.

서울살이 할 때부터 배우고 싶었지만 하지 못했던 '포토샵, 플래쉬,

워드프로세스 2급 자격증, 파워포인트, 엑셀' 등을 신청했다. 각각 한 달 과정으로 벌써 몇 달째, 학교 다닐 때도 해보지 않았던 예습 복습까지 열심히 하면서 배우는 재미에 홀딱 빠져 버렸다.

특히 포토샵은 서울에서도 배우려고 시도했다가 보름 만에 포기한 적이 있었다. 서울 학원엘 가보니 수강생이 주로 20대 젊은 사람들이었고 학원 프로그램도 그 사람들에게 맞추어져 있어서 따라가기가 힘들었다. 더구나 쌀쌀맞은 강사는 예정된 속도로 빠르게 진행하면서 조금 뒤쳐지는 학생을 기다려 주지 않았다.

그런데 이곳은 분위기가 편안하기 그지없다. 수강생들은 주로 나이 드신 분들이다. 나는 그래도 직장 생활하면서 문서 작성이나 인터넷은 하던 수준이었으니 열등반에 배치된 보통 학생이라 할까?

"지발 이거는 누르지 마세유. 이거 누르면 파레트 다 없어져유. 그럼 이거 찾다가 한 시간 걸리는 기유. 알았쥬? 까딱하면 그렇게 되니께 조심해유."

강사의 말이 떨어지기가 무섭게 저쪽에서 한 할머니가 손을 든다.

"아니 내 건 이게 왜 없어졌대. 선생님?"

"이거 누르지 말라구 그랬잖유."

교실은 한바탕 웃음바다가 되고 나이 먹은 학생들은 그런 실수 안 하려고 바짝 긴장한다.

"이거 누르면 없어진다구 했슈, 안 했슈? 했쥬? 없어지면 리셋하면

풀각시 뜨락은 배움과 나눔으로 계속 넓어지고 있다.

된다구 했슈, 안 했슈? 했쥬? 이렇게 입이 아프게 말해 줬는데 왜 며칠 만 지나면 또 없어졌다구 난리유. 지발 까먹지 마유."

"네!"

대답은 우렁차도, 다음 날이면 또 까먹고 선생님을 불러 대는 어르신들. 그때마다 강사 선생님은 쫓아가서 바로잡아 준다. 이곳에서 태어난 토박이 예산 사람인 젊은 강사는 완전히 시골 어르신들에게 눈높이가 맞추어져 있어서 기다리고 또 기다려 주는 인내심을 발휘한다. 그러니 나같이 컴퓨터를 좀 만져 본 사람들은 반에서 우등생에 속한다.

나는 여유로운 이 공부가 참 좋고 나날이 하나하나 새롭게 배워 가는 기쁨에 행복해하고 있다. 군청에서 배운 포토샵 실력을 발휘해 '풀각시 뜨락'(http://blog.naver.com/hyoshin4858)이라는 나의 블로그를 멋지게 장식하고 전국의 다양한 사람들과 새로운 인연을 만들어 나가는 것도 나에겐 크나큰 즐거움이다.

시골에 살면 답답할 거라 하지만 천만의 말씀! 나는 요즘 인터넷을 통해 제주도부터 강원도, 전라도, 충청도까지 전국으로, 전 연령층으로, 직업도, 전문 분야도 제각각인 매우 다양한 사람들과 만나며 교류하고 있다. 평소 관심을 많이 갖고 있는 꽃과 나무, 사진, 한옥과 관련된 인터넷 카페 세 군데에 회원으로 가입했다. 그중에서도 내가 제일 좋아하는 카페는 꽃과 나무를 좋아하는 사람들이 모인 '꽃마당'이라는 곳이다. 이곳을 통해 모르고 있던 식물들의 이름을 하나하나 알아 가고, 아름다운 꽃과 나무를 실컷 보고, 다양한 삶의 모습들을 보며 감동하고, 마음 너른 분들이 보내 주시는 갖가지 씨앗을 나눔받아 파종하면서 나의 새로운 삶을 예쁘게 가꾸어 가고 있다.

당초 시골살이를 계획할 때만 해도, 시골에서 그동안 제대로 못 배운 것들을 배우게 되고, 도시보다 더 다양하고 개성 넘치는 친구들을 만나리라고는 생각지도 못했다. 말하자면 특별 보너스를 탄 셈이다.

게다가 시골살이의 특별 보너스는 여기서 그치지 않았다. 생각지도 않았던 즐거움이 나를 위해 기다리고 있다.

매일매일 행복한 날들이.

꽃마당 카페 덕분에 시골살이의 특별 보너스 또한 계속 많아지고 있다.
생각지도 못한 즐거움들로 내 삶은 더욱 풍성해진다. 매일매일.

· 제3부 ·

200% 감동쟁이들

할미와 사랑에 빠지다

할미꽃은 사실 하늘나라 공주랍니다. 천상에서 아주 큰 죄를 지어 이 땅으로 숨어 내려온….

하늘나라 임금님은 딸을 떠나보내며 말했답니다.

"사랑하는 딸아, 이제 세상에 내려가면 사람들에게 네 얼굴을 드러내어서는 안 되느니라. 그리고 앞으로는 이 흰 비단실로 머리를 감싸 할미처럼 보이도록 해라."

천상에서 지은 죄가 도대체 무엇이기에 이리 외로운 형벌을 받은 걸까요? 그러나 그 죄는 공주님 탓이 아니었답니다. 공주님은 너무나 아름다워 누구라도 그 얼굴을 한 번만 보면 사랑이라는 마법에 걸리고 말았으니까요. 아무 일도 못하고 공주님 얼굴만 쳐다보는 사람들이 점점 늘어나자, 임금님은 어쩔 수 없이 공주님을 아래 세상으로 보내야 했습니다.

그때부터 공주님은 얼굴을 숨기고 아래만, 아래만 쳐다보아야 하는 운명이 시작된 것이죠. 또 지구별 사람들이 그 마법에 걸리지 않도록 아무도 찾지 않는 무덤가에 거처를 정하고 이름도 할미라 하였답니다. 하얀 털로 감싼 살결은 실크나 벨벳보다 더 부드러워, 스치는 바람과 풀들만이 그 비밀을 알고 있습니다.

그런데 어찌하나요? 우연히 공주님 얼굴 훔쳐 본 풀각시가 그만 그 마법에 걸리고 말았답니다.

– 풀각시의 '할미꽃 이야기'

최근 할미꽃이 귀해졌다고 한다. 옛날에는 우리나라 산 어디에서나 지천으로 피어 있던 식물이었는데 요새는 씨가 말랐는지 구경하기 힘들어졌다. 야생화 키우기 바람을 타고 사람들이 다 캐어 가 버렸기 때문이다. 그런데 겨우내 풀각시는 할미꽃의 마법에 걸려들고 말았다.

인터넷 카페에서 만난 어느 분이 할미꽃 씨앗을 나누어 주면서 마법은 시작되었다. 할미꽃은 처음이고 너무나 키우고 싶었던 나는, 실패하지 않으려고 인터넷을 부지런히 뒤지고 정보를 찾아 이렇게 저렇게 시도해 보았다.

'할미꽃은 씨앗을 채집하면 바로 파종해야 한다. 씨앗이 완전히 숙성되면 발아가 힘들기 때문이다.'

그렇다면… 씨앗을 받자마자 반은 뜰에 바로 뿌리고, 나머지 반은 플러그 트레이(계란판처럼 오목오목하여 흙을 채워 파종하는 도구)에 뿌려 두었다.

마당의 씨앗은 행여 누가 밟을세라 금줄까지 쳐 놓았지만 끝내 싹을 틔우지 않았다. 그러나 다행히 플러그 트레이에 뿌린 것은 100퍼센트 발아되어 잘도 자라 주었다. 모종이 한 10센티미터쯤 되었을 때 절반은 뜰로 옮겨 심고, 나머지 반은 뜰이 자리 잡는 걸 보고 옮기려고 50개의 화분에 나눠 심어 두었다.

11월이 되자 기온이 영하로 내려가고 마당의 할미꽃들도 서리꽃으로 변했다. 할미꽃은 추위에 엄청 강하기 때문에 얼어 죽을 걱정은 하지 않아도 되지만, 아무래도 화분에 있는 것들이 마음에 걸렸다. 일부를 실내에 들이기로 마음먹고, 스무 개의 화분을 현관으로 옮겨 놓았다.

어느 날, 완전히 말라 누렇게 된 잎 사이사이로 파릇하니 새 잎이 돋아나고 있었다. 신기하다 싶어 햇볕 잘 드는 창가로 화분을 옮긴 후 또 며칠을 지내니, 연초록 이파리 사이에서 팥알같이 생긴 발그레한 무엇이 고개를 내밀고 있는 게 아닌가!

꽃봉오리!

할미꽃은 따뜻한 실내에서 봄이 온 줄 알고 꽃망울을 터트리려 했다! 그날부터 할미꽃은 완전히 내 마음을 앗아 가고 말았다. 밖에 외출해도 그 모양이 아른거리고, 벌떡 일어나 할미꽃들 앞에 앉아 한참을 들여다보기 일쑤였다. 얼마 안 가 할미꽃들은 교대로 속속 꽃망울을 맺고 터트리며 때 아닌 꽃잔치를 벌였다.

예전에는 할미꽃이 이렇게 신비스럽고 아름다운 식물인지 몰랐다. 포도주로 목욕하고 나온 듯 촉촉한 검자줏빛 꽃잎은 어찌나 섹시한지…. 그뿐인가? 꽃과 잎을 감싸고 있는 하얀 솜털은 얼마나 매끄럽고 부드러운지, 천상의 실로 짠 비단과 같다.

한겨울, 풀각시는 할미꽃과 사랑에 취해 아찔하다.

봄은 소리로 온다

수험생이 거실에서 나는 텔레비전 소리나 이야기 소리에 방해받지 않고 공부할 수 있도록 집중하게 하는 기계가 나왔다고 한다. 책상 위에 놓을 수 있는 조그만 기계. 스위치를 누르면 의미를 알 수 없는 소리가 들린다. 이 소리가 방 밖에서 나는 소리를 죽이는 역할을 한다고 한다. 즉 소리로 소리를 죽이는 것이다. 소리를 연구하는 박사님이 만들었다고 하는데 소음은 소음이되 집중을 도와주는 소음이라고 해서 이를 '백색 소음'이라고 한단다. 얼마나 소음 공해가 심하면 이런 생각을 다 해냈을까?

원하지 않는 소리를 들어야 하는 것처럼 짜증나는 일도 없다. 도시 생활에서 하루 동안 일상적으로 듣게 되는 소리를 한 번 생각해 보았다. 아침에 눈을 뜨면 TV 또는 라디오를 켠다. 교통사고, 살인, 정치판 싸움질, 출근길에 들리는 말들, 자동차 시동 걸면서 시작되는 기계음, 지하철의 안내 방송조차 듣기 싫을 때가 있다. 그리고 가장 짜증나는 휴대전화 소리.

업무차 전화라도 걸라치면 저쪽에서 들려오는 ARS 안내, 내가 왜 기계를 상대로 이러고 있어야 하는 건가? 이쪽 의사는 완전 무시하고 프로그래밍된 대로 흘러가는 일방적인 대화. 나는 기계를 상대해야 하는 자동 응답기가 정말 싫었다. 다행히 세상에는 이런 소리만 있는 건 아니었다.

특히 소리에 민감한 나는 방에 시계도 걸지 못했다. 초침 돌아가는 소리에 신경 쓰여 스트레스를 엄청 받기 때문이다. 잠을 잘 때는 어떤 소리도 들리지 않아야만 편안하게 잠들 수 있었다. 그런 내가 달라졌다.

천둥이 쳐도, 건너편 목장에 사는 발정한 소가 밤새 워워 울어 대도 잘 잔다. 희한한 건 인공적으로 만들어 내는 소음과 자연이 만들어 내는 소리는 다르다는 것이다. 인공의 소리는 신경을 날카롭게 건드려도 자연의 소리는 마치 내 몸이 흡수하는 듯하다. 아침마다 수다스러운 곤줄박이 물까치, 직박구리가 난리를 치지만 전혀 시끄럽다고 느낀 적이 없다.

지리산에서 오신 그분이 말씀하셨습니다.

봄은 소리로 온다고

지리산은 아직 일러 진주까지 가서 꺾으셨다는

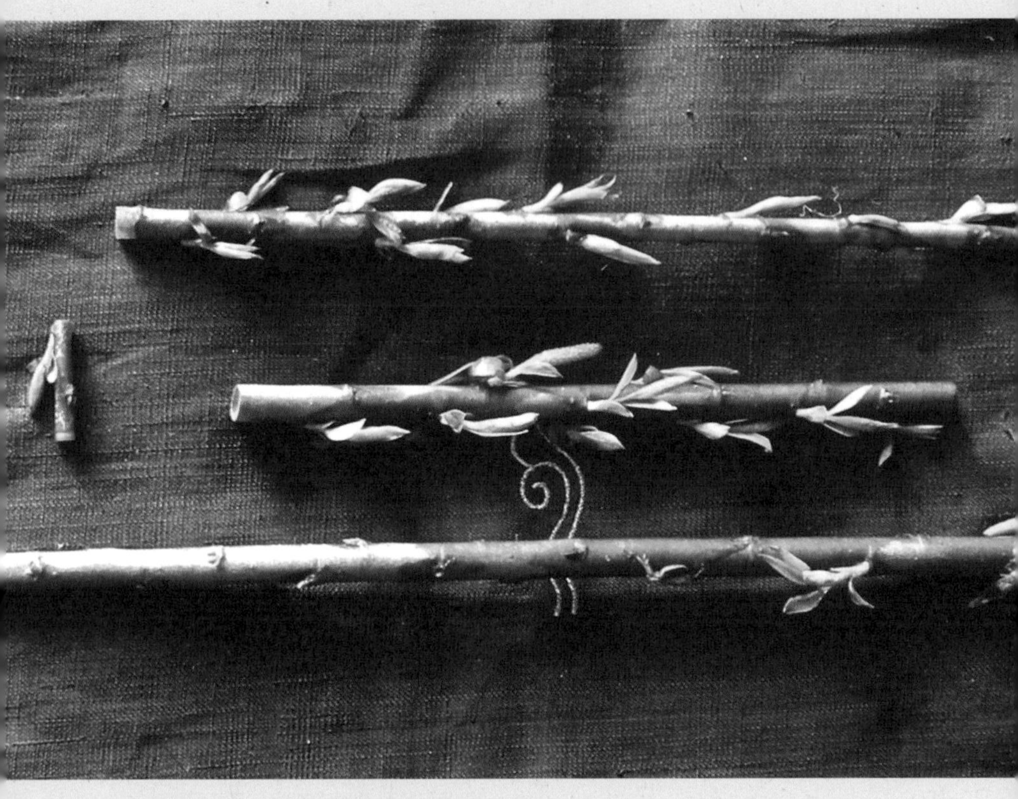

보들보들 버들피리 삘리리, 봄은 소리 없이 소리로 온다.

버들가지 한 다발 풀어 놓고

봄 햇살 정겨운 창가로 아이들을 모읍니다.

이건 호드기라고 하는 거야.

음이 없으니 피리라고 할 수는 없지.

얼른 한 가지 깎아 입 안에 숨기고 삘리리

아이들은 소리를 찾아 폴짝폴짝 뜁니다.

버들가지가 이리 고운지

예전엔 정말 몰랐습니다.

예전에는 여의도 근처에 버드나무가 무척 많았는데 지금은 잘 볼 수가 없다. 아마도 봄에 심하게 날리는 꽃가루 때문에 모두 잘라 내었나 보다. 도시에서도 호드기 하나 만들어 불어 보면 봄의 소리가 어떤 것인지 설명 없이도 단번에 알 텐데. 아이들 데리고 야외라도 나가 이 봄을 소리로 먼저 느껴 봄이 어떨까? 아가씨들 치마 길이에서만 느끼지 말고.

나는 아직도
사랑을 꿈꾼다

이상한 꿈을 꾸었다.

사랑하는 사람이 있었다. 그런데 그 사람이 내게서 떠나려는 모양이다. 이제 더 이상 날 사랑하지 않는다는 느낌이 온다. 내가 얘기 좀 하자고 하니 그 사람은 바쁜 일이 있다며 다음에 하자는 말을 남기고 가버린다. 저 멀리 걸어가는 뒷모습을 한참 바라보다가 나는 뛰어간다.

"나 이제 떠날 거예요. 우린 더 이상 의미 없는 관계인 것 같아요. 여기서 끝내요."

그 사람은 놀라기는 했지만 안도하는 눈빛이 역력하다. 자기가 하고 싶었던 말, 그렇지만 망설였던 말을 내가 먼저 해준 것이 참 다행이라는 듯한….

그 사람은 알았다며 미소 짓는다. 나는 떠나면서 한 번만이라도 그가 뒤에서 날 잡아 주기를 기다린다. '사랑한다'는 아니더라도 '사랑했었다' 라는 말이라도 듣고 싶어 한다. 그러나 그는 끝내 잡지도 사랑한다는 말도 하지 않는다. 그에게서 멀어지며 난 가슴이 너무나 아프다.

그때 잠이 깼다. 너무나 이상한 꿈이었다. 꿈속의 그 남자는 내가 한 번도 본 적 없는 사람이다. 잠에서 깨어나서도 가슴이 연기로 꽉 찬 듯 답답하고 쓰리고 아프다. 이별의 순간이 너무나 생생하여 목이 메고 눈물이 주르륵 흐른다.

"뜬금없이 웬 사랑? 그리고 이별은 또 뭐야? 나이 육십에 이런 꿈을 꾸는 사람이 있나?"

나는 불을 켜고 일어나 앉았다. 차를 한 잔 타서 탁자에 놓고 아직도 너무나 생생한 괴이한 꿈을 다시 정리해 본다. 그러다가 따뜻한 찻잔을 감싼 내 손을 보면서 나는 그만 피식 웃고 말았다.

"뜬금없는 꿈은 아니네."

손톱 끝에 조그만 초승달로 남아 있는 빨간 봉숭아물. 여름에 들인 봉숭아물이 첫눈 올 때까지 남아 있으면 사랑이 이루어진다는 말만 믿고 손톱을 자르지 않고 버티고 있었다. 그러고 보니 나는 늘 사랑을 꿈꾸고 있었던 모양이다.

사랑. 좋은 말이지. 나이 들어도 가슴이 두근거리고 얼굴이 화끈거리게 하는 사랑…. 끝없는 눈밭 저 멀리 마차타고 떠나는 라라 뒤에서 영원한 이별을 예감하며 '안녕 내 사랑…' 하던 닥터 지바고를 생각하면 나는 지금도 그 감정이 그대로 내 가슴에 들어와 주룩주룩 눈물이

사랑, 좋은 말이지. 나이 들어도 가슴이 두근거리고 얼굴이 화끈거리게 하는 사랑.
나는 아직도 사랑을 꿈꾸고 있다.
아이러니하게도 봉숭아의 꽃말은 '나를 건드리지 마세요' 란다.

흐른다. 나이 들어도 여전히 가슴 설레는 사랑이라는 말. 젊어서도 제대로 하지 못한 사랑이 이 나이에 올 리 없건만 나는 아직도 사랑을 꿈꾸고 있다.

올 여름에는 봉숭아 좀 넉넉히 심어야겠다. 한여름 봉숭아 잎과 꽃에 백반 섞어 콩콩 찧어 비닐 팩에 넣어서 냉동실에 모셨다가 두고두고 물들여야겠다. 1년 열두 달, 내 손톱에서 봉숭아물 지워지는 일 없도록. 갑작스러운 '교통사고' 같다는 사랑에 기꺼이 치이도록.

자연의 시간을 기억해야

"어휴, 너무 추워요. 봄옷 입고 나왔다가 얼어 죽는 줄 알았어요."

텔레비전에서는 꽃샘추위가 톱뉴스로 오르고, 거리에서 인터뷰하는 사람들은 3월에 이런 추위가 웬 말이냐며 목소리가 올라간다.

봄이 다 온 줄 알았는데 날씨가 투정을 부리고 있다. 따뜻한 봄을 시샘하는 겨울이 한번 본때를 보이고 떠나려는 모양이다. 기온은 이틀째 영하 5도 아래로 떨어지고 바람은 세차고 매서워 한겨울보다도 춥게 느껴진다.

뜨락은 와글와글 소곤소곤 새싹들의 재잘거림으로 가득한데 이를 어쩌나. 수선화, 상사화, 초롱꽃, 흑종초, 할미꽃, 매발톱, 튤립, 작약, 금낭화. 뜨락 가득 언 땅을 뚫고 올라와 있는 여린 봄새싹들이 행여 얼어버릴까, 나는 안절부절 못했다. 답답한 마음에 예전에 쓴 농사일지를 꺼내 읽어 보았다.

〈2006년 3월 11일〉

비가 내린다. 안개 같은 비가.

뜨락을 살피니 낙엽을 헤집고 딸기 새순들이 삐죽거리고 있고, 튤립도 상당히 올라와 있으며, 상사화는 작년보다 식구가 더 늘어 담 밑에 줄지어 섰다.

긴 꽃대에서 섹시한 핑크빛 얼굴을 화려하게 드러낼 여름이 기대된다.

나무들도 물을 한껏 머금어 터질 듯 탱탱하다. 매화, 목련, 배…. 그러고 보니 누군가 우리 집 배나무 전지를 해 주었네? 해야 되는 줄 알면서도 어디를 어떻게 자를지 몰라 두고만 보고 있었더니만. 김 씨 아저씨일까? 봉길인가? 자기가 했노라 내세우지도 않는 덤덤한 이웃들이다.

동네 농사꾼들은 벌써 움직이기 시작했다. 진즉에 밭에다 거름을 뿌려 놓고 마치 한 판 전쟁이라도 치를 듯 분주하다. 나도 그들처럼 잘해 나갈 수 있어야 할 텐데.

〈2006년 3월 12일〉

꽃샘추위가 매섭다. 최저 영하 5도, 내일은 영하 10도까지 내려간단다. 지난주 날씨가 따뜻해서 겨우내 꽁꽁 싸 두었던 마당 수도를 풀어 버렸는데 암만해도 다시 싸야겠다. 봄기운 느끼고 봉긋하게 솟은 튤립, 상사화, 작약 거기다 꽃망울까지 부풀리고 있던 매화랑 목련. 이 녀석들이 얼어 죽을까 걱정이다.

3월에 영하 10도라니.

〈2006년 3월 13일〉

눈이 펑펑 내린다. 터질 듯 부풀어 오른 목련 꽃봉오리와 함박눈이 어우러져 바깥세상은 그야말로 환상적이다. 눈이 쏟아져서 그런가, 영하 10도까지 내려간다고 했건만 공기는 그리 차갑게 느껴지지 않는다. 그래도 새싹들을 짚으로 덮어 줄 걸 그랬나?

아침에 튤립 잎을 만져 보니 완전 냉동되어 부러질 듯 딱딱했다. 얘들아, 제발 버티어 다오.

〈2006년 3월 16일〉

꽃샘추위가 물러가면서 봄기운을 담은 실비가 내린다. 촉촉하게 젖은 땅은 마치 스펀지처럼 물을 머금고 파종을 재촉하는 듯하다. 움츠렸던 새싹들은 다시 생기를 찾고 쑥쑥 자라는 게 눈에 보일 정도!

봄 씨앗 몇 가지를 오늘 파종하기로 했다. 편평한 화분을 잘 닦아 파종용 흙을 적당히 깔고 씨앗을 뿌린 다음 다시 덮어 물을 흠뻑 주어 모셔 놓았다. 집 안에 들여놓을까 하다가 날씨도 따뜻하고 해서 그냥 밖에 두기로 했다. 과연 씨앗이 제대로 발아할지?

"아하, 그랬구나. 걱정하지 않아도 되는 거구나!"

작년에도 그랬고 재작년에도 그랬을 것이다. 겨울이 물러갈 때면 맹추위가 며칠 봄바람을 훼방 놓다가 슬그머니 물러나곤 했다.

오늘 아침 뜨락을 한 바퀴 돌아보니 지름 5밀리미터도 안 되는 작은 별꽃 무리와 흙 속을 바쁘게 헤집고 다니는 눈에 잘 띄지도 않는 작은 벌레들과 하늘 향해 두 팔 벌리고 있는 앙증맞은 새싹들이 그렇게 대견할 수가 없었다.

자연에서는 이리 작은 생물들도 그 모든 시간표를 기억하고 담담하게 잘 버티며 사는데, 괜스레 혼자 동동거린 내가 머쓱해지고 만다.

'오늘은 햇볕이 참 따스하네. 샘쟁이 꽃샘추위야, 이제 떠나는 거니?'

꽃샘추위. 얼마나 예쁜 말인가! 존경스러운 우리 선조님들, 이 말을 영어로 하려면 최소 두 줄은 되겠지?

광대나물 호강하네

"아, 풀 좀 뽑어. 왜 저렇게 놓고 본대?"

마실 온 동네 아낙들이 화단에 꽃과 뒤섞인 풀들을 보면서 눈을 흘긴다.

"풀들이 꽃 거름 다 먹어 버리네. 내가 뽑아 줄래도 하두 애끼닝께 어쩌지도 못하겄네."

"예쁘자녀, 냅둬."

"얼라? 이건 또 뭐래?"

뭐 대단한 것이라도 되는 듯 화분으로 옮겨 심어 놓은 광대나물을 보고 한 이웃이 기가 막혀 웃는다.

"화분에 옮겨 심어 놓으니까 그럴듯하잖아. 너무 흔하니까 여기선 천덕꾸러기지만 도시 화원에 내다 놓으면 저것도 사가는 사람 있다구. 히히히. 이쁘지?"

"거, 기가 차서 말도 안 나오네. 광대나물이 호강하네."

아줌마들이 깔깔거리며 놀려대도 난 풀들이 참 좋다. 별꽃, 개불알풀, 애기똥풀, 괭이밥, 며느리밑씻개 등. 작정하고 들여다보아야만 그 생김새가 눈에 들어오는 아주 작은 풀꽃들. 호미로 득득 긁어 휙 집어 던지는 풀들이지만 난 이 풀들에 한없는 애정이 간다. 우리의 들풀들은 그 모양새가 앙증맞고 귀엽기도 하지만 옛날 사람들이 지어 부르던 그 이름이 우리네 정서를 그대로 담고 있어 정겹기 그지없다.

개불알풀은 이름이 흉하다고 해서 요새는 봄까치꽃으로 바꿔 부르지만 난 개불알풀이라는 이름이 더 좋다. 꽃잎 한 장 한 장이 마치 동네 어슬렁거리던 숫캐의 뒤꽁무니에 대롱대롱 매달려 있는 딱 그 모양이다. 자글자글 주름진 무늬까지 어쩜 그리 똑 닮았는지. 옛날 그 어떤 이가 보이는 모양 그대로 불러 준 이름일까? 바로 그림이 그려지는 눈에 선한 마을 풍경이 아닌가!

내가 화분에 정성껏 옮겨 놓은 광대나물은 속어로 코딱지풀이다. 꽃 모양이 손가락으로 코딱지 큰 놈 하나 잡아 죽 끌어내면 딸려 나오는 그 모양 그대로다. 생각만 해도 웃음이 절로 나온다. 광대나물은 잎이 마치 피에로가 입고 나오는 옷을 연상시킨다. 나물이란 이름이 붙은 것을 보면 옛날 어려웠던 시절에는 먹기도 많이 한 모양이다. 저리 작은 것을 얼마나 긁어모아야 한 접시라도 마련했을까? 하기야 들에 좍 깔려 버린 것이 광대나물이니 갈쿠리로 긁어내기만 해도 한 소쿠리 금방 채웠을 법도 하다.

혹시 그 옛날 광대들이 즐겨 이용하던 풀이라서 붙여진 이름은 아닐까? 광대나물은 민간에서 타박상이나 통증완화, 그리고 코피를 멎게 하는 데 쓰인다. 이것을 보면 구르고 넘어지고 배고프던 광대들이 가는 곳마다 지천으로 깔려 있는 풀을 긁어모아 나물로 먹기도 하고 아픈 데에 발라 치료약으로도 애용했음직하다.

별 모양을 닮은 별꽃, 줄기를 꺾으면 속에서 애기 똥같이 노란 즙이 나와 애기똥풀, 쥐오줌 냄새가 난다는 쥐오줌풀, 며느리밥풀, 개꼬리풀, 까치수염, 파대가리, 여우꼬리….

봄이면 우리네 주변과 논두렁, 밭두렁, 길가, 뜨락 구석구석 자리 잡아 발밑에 밟히는 것들. 때로 귀찮다가도 때로는 주저앉아 한참을 들여다보게 하는 작은 생명들. 이들은 너무 작다, 너무 흔하다. 그러나 번식력, 생명력만큼은 천하무적이다. 그래서 더더욱 천덕꾸러기다.

이 작은 생명들이 우리에게 열렬히 전하는 말이 있다. 소박해서 한눈에 잘 드러나지 않지만 자세히 들여다보면 아름다움이 있고, 무엇보다도 살아나려는 의지가 그 어떤 화려한 꽃보다 강하다. 이들을 보고 있으면 땅 위의 생명들은 모두 그 의미가 있고, 열심히 살아야 될 이유가 있고, 생명은 모두 아름답다는 것을 깨닫는다.

오늘은 풀들과 얘기하며 하루 종일 놀았다.

땅 위의 생명들은 모두 그 의미가 있고, 열심히 살아야 될 이유가 있고, 생명은 모두 아름답다는 것을 깨닫는다.

식물도 생각한다

서울에 볼일 보러 갔다가 자투리 시간이 남아 종로의 한 대형 서점엘 들렀다. 화제의 책 코너에서 한 권을 골라 들고 서점 바닥에 쭈그리고 앉아 보니 오랜만에 느껴 보는 도시 생활의 재미 하나도 새롭다.

내가 시골로 내려가 산다고 해도 도시혐오증에 걸린 것은 아니다. 도시는 도시대로의 맛이 있고 시골은 시골대로의 맛이 있다. 유행처럼 모두 시골로만 내달릴 필요는 없다고 생각한다. 그런데 자연에서 자급자족하면서 살아가는 사람이 쓴 책을 들고 읽다 보니 생각이 복잡해진다.

그의 책은 이미 두 권이나 읽어 보았고 세속을 떠난 금욕적 생활이 참 대단하다고 생각했었다. 그런데 이번 먹거리에 대한 책에서는 철저한 채식주의자인 그가 고기 먹는 사람들을 인정사정없이 야단치고 있는 것이다.

생명의 존엄성을 거론하면서 채식을 해야 한다는 주장에 대해서는 늘 갖게 되는 의문이 있다. 왜 동물은 먹으면 안 되고 식물은 먹어도 된다는 거지? 동물은 동료 생물이고 식물은 동료 생물이 아니란 말인가? 먹기 위해 소를 죽이는 것은 도살이고 먹기 위해 열매 열리는 대로 날름 따 가는 짓은 잔인하지 않은가? 왜 동물만 피를 흘린다고 생각하지? 왜 식물은 정신이 없다고 생각하지? 왜 식물은 사랑을 모른다고 생각하지? 왜 식물은 감정이 없다고 생각하지? 왜 식물은 아픔을 모른다고 생각하지? 왜 식물은 표현을 못한다고 생각하냐고?

내가 알기로 식물은 정말 생각이 많은 생물이다. 사랑도 느낄 줄 알고 아픔도 알며 감정을 표현할 줄도 안다. 동물을 먹는 것이 불쌍하다면 식물을 먹는 것도 불쌍한 건데….

책 속의 주인공은 숲에 살면서 단풍나무 시럽을 만들어 팔았다. 그는 다른 책에서 자기의 단풍나무 시럽을 매우 자랑스럽게 말한 적이 있다. 단풍나무 시럽을 만들려면 나무에 상처를 내어 수액을 받아야 하는데 사실 그 단풍나무가 얼마나 아파했을까?

시골에 살면서 식물을 키우고 채소를 키워 보면 식물들이 얼마나 머리가 좋고 영리한지 깜짝깜짝 놀랄 때가 많다. 잔디 사이사이에는 잔디와 거의 비슷하게 생긴 풀이 자란다. 잔디와 비슷하게 생겨야 살아남는다고 생각하고 위장술을 펼치는 것이다. 또 잔디 같이 생겼으면서 땅바닥에 납작하게 자라는 풀도 있다. 잔디 깎을 때 잘려 나가지 않기 위해서다. 이 풀은 잔디 깎는 기계를 이미 알고 있다는 말이다.

수술은 짧고 암술은 길게 뻗어 나는 꽃들이 많다. 한 꽃에서 수분이 이루어지지 못하게 하기 위해서다. 말하자면 근친 교배를 하지 않으려는 노력이다. 식물들이 얼마나 많은 생각을 하며 살아가는지 자연을 사랑하는 그들이 모를 리 없는데…. 조물주가 식물은 동물들의 먹이가 되라고 한 차원 낮게 만들어 놓은 것은 아니다. 그들도 나름대로의 존재 이유가 다 있는 것이다.

나는 채식이든지 육식이든지 적당히 감사하는 마음으로 먹으면 된다고 생각한다. 화근은 인간들의 욕심에 있다. 햄버거를 위해 아마존의 밀림이 와장창 잘려 나가고, 생명 존중의 마음 없이 공장에서 제품 생산하듯이 돼지를 사육하고…. 아, 이런 건 정말 싫다.

시골 생활하기 전, 먹기를 즐기던 나는 좋아하는 것 있으면 배가 터지도록 먹기도 했다. 직접 식물을 키워 보며 달라진 것이 있다면 작은 풀 하나에도 늘 감사하는 마음으로 먹게 됐다는 것이다.

배추야, 고맙다.

감나무야, 고맙다.

옥수수야, 고맙다.

그러지 않으려고 해도 실컷 먹고 무심코 '배부르다' 라는 말이 습관처럼 나올 때마다 나는 정말로 제 몸을 제공해 준 그들에게 미안하다. 요즘 나는 무엇이든 맛있게, 그러나 과하지 않게 먹으려고 노력한다. 나를 위해 누군가 희생해 준다는 것에 늘 감사하면서.

'방어력 없는 무고한 것들과 행하는 전쟁으로 인해 지구는 신음한다!' 는 채식주의자의 말은 맞다.

공감한다. 방어력 없는 것으로 따지면 동물보다 식물이 더하지 않은가?

즐겁게 하니
즐거워지네

"풀각시님, 안녕하세요?"

오늘 또 집배원 아저씨가 꽃씨 든 봉투를 건넨다.

시골 살림을 시작하면서 꽃 좋아하는 사람들이 모인 한 인터넷 카페에 가입했다. 그곳에서 온갖 아름다운 꽃을 보고 배우고 이야기하는 것도 좋은데 이렇게 씨앗 넉넉한 분들이 원하는 사람들에게 정성 가득 담아 나누어 주니 세상에 이리 인심 좋은 곳이 또 어디 있을까!

금낭화, 벌안개, 패랭이, 매발톱, 할미꽃, 채송화, 봉숭아, 애기달맞이, 흑종초, 큰점나도나물 등. 다람쥐 도토리 묻어 놓듯 봉지봉지 모아 놓은 것을 하루에도 몇 번씩 들여다보며 이 씨앗이 싹터서 뜨락을 가득 메울 봄을 생각하면 얼마나 가슴이 뛰는지…. 억만금을 가진 사람이 부럽지 않다.

대문 앞에 심을까? 현관 앞에 심을까? 무더기로 심을까? 흩어지게 심을까? 온갖 야생화가 흐드러질 꽃마당을 상상하며 행복에 겨워 한나절을 보내곤 한다.

이상하다. 씨앗 보내 준 분에게 고맙다고 쪽지라도 남기면 오히려 그 분들이 더 행복해하신다. 끝없이 나누어 주면서 더 행복해하시는 분들. 아마도 꽃과 나무 사랑하며 살다 보면 마음도 넓어지는 것 같다.

나 역시 시골로 내려와 살면서 크게 달라진 것 중 하나가 남을 즐겁게 하기 위해 많은 시간을 할애하는 것이다. 아니, 정확하게 말하면 '남을 즐겁게 하기 위함이 아니라 내가 즐겁기 위한 것' 이라고 해야 맞다. 내가 터득한 것은 '나로 인해 누군가 즐거워하는 것을 보는 것만큼 큰 즐거움이 없다' 라는 것이다. 이리하여 매일매일 즐겁게 살기 위해 나는 날마다 김 씨 아저씨, 집배원 아저씨 그리고 주변 사람들을 즐겁게 할 궁리를 한다.

"아저씨, 잠깐. 날 더운데 시원한 물 한 잔 드릴게요."

돌아서는 집배원 아저씨를 세우고 뛰어 들어가 물 한 잔 갖다 건네니 물잔 들여다본 아저씨는 얼굴 가득 함박웃음이 번진다.

"아니, 세상에! 처음 보네요. 와! 이거 아까워서 어떻게 마셔. 개나리가 폈네."

아저씨가 감탄하는 이유는 물잔 속의 얼음 때문이다. 그건 그냥 얼음이 아닌 꽃얼음이었다. 초봄에 개나리, 제비꽃을 따서 냉장고 얼음 케이스 구멍마다 하나씩 담아 얼려 둔 것이다. 이렇게 하면 봄이 그대로

얼음 속에 갇혀 잔에 띄우면 언제라도 새로 꽃이 피어나는 듯 예쁘다.

'어느 더운 날, 집배원 아저씨 물잔에 띄워 드려야지' 라고 생각하고 지난봄에 준비한 것이었다. 돈 한 푼 안 든 나의 서비스로 아저씨는 즐거운 기억 하나 갖게 되었고 아저씨가 즐거워하는 얼굴 보며 나는 오늘 하루 종일, 아니 봄부터 얼마나 행복했는지….

아마도 씨앗 나누어 주는 얼굴 모르는 분들도 이와 비슷한 마음에서 그 많은 정성과 시간을 기꺼이 내놓는 것일 게다.

나누면 행복하다. 받는 사람보다 주는 사람이 더 행복하다.

· 제4부 ·

물자는 덜 쓰고 마음은 많이 쓰고

엄마, 쑥버무리 해 먹자

이 땅의 봄은 꽁꽁 언 겨울을 어렵게 넘긴 생물들에게 한없이 베푸는 계절이다. 논둑, 밭둑, 들판 어디에고 흙 한 줌 있는 곳이면 틈새 틈새에서 먹을거리들이 쉼 없이 솟아오른다. 냉이, 달래, 민들레, 씀바귀, 고들빼기, 머위, 취나물, 돌나물, 쑥…. 씨 뿌린 적 없어도 절로 자라 겨우내 허기진 우리의 입맛을 맛깔스럽게 바꾸어 준다.

봄비가 소록소록 내리는 날, 입이 출출하여 마당을 내려다보니 비 머금은 쑥이 입맛을 돋운다.

"엄마, 쑥버무리 해 먹자."

"그래, 쑥이 딱 알맞게 자랐네."

"내가 이쪽 거 뜯을 게, 엄마는 저쪽 뜯어."

칼 한 자루, 소쿠리 하나 들고 챙 넓은 모자를 우산 삼아 쓰고 마당에 쪼그리고 앉아 엄마와 나는 쑥을 뜯는다. 마당에서 풀 취급당하던 쑥인데 한참 만에 어린 것만 골라 한 소쿠리 채워 놓으니 쑥 향이 그리 좋을 수 없다.

흐르는 물에 깨끗이 쑥을 씻어 체에 밭쳐 물기 빠지는 동안 찹쌀가루 한 주먹 꺼내어 설탕 조금, 소금 조금을 물 빠진 쑥에 쏟아붓고 몇 번 설설 버무려 주면 준비 끝이다. 찜통에 올려놓고 끓기 시작하면 한 10분쯤 있다가 불을 끈다. 한 김 날아가면 쑥버무리를 꺼내어 소쿠리에 엎어 놓으니 뽀얀 김이 무럭무럭.

"아, 맛있겠다."

"엄마야, 맛있지?"

"맛있다. 간도 딱 맞고."

한 귀퉁이 뜯어 호호 불며 입 안에 넣으니 입 안에 번지는 향이 기가 막히다. 김장 때 담은 동치미 한 대접 퍼다 놓고 오늘 점심은 이것으로 때운다. 비 개인 오후, 내친 김에 쑥을 좀 더 뜯기로 했다. 살짝 쪄서 냉동실에 넣어 두면 새 봄이 올 때까지 봄 향기 그리울 때마다 꺼내어 쑥버무리도 해 먹고 쑥개떡도 해 먹을 수 있다. 그뿐 아니라 깨끗이 씻어 말려 콩가루와 같이 빻아서 미숫가루에 타서 마시면 맛도 좋고 영양가 만점인 쑥 스프가 된다.

그러고 보니 쑥은 참 요모조모 쓸모가 많은 식물이다. 쑥의 독특한 향은 살균 · 살충력이 강하다고 한다. 그래서 한증막에서는 찜질용으로, 시골에서는 한여름 모기 쫓는 모깃불로 쓰고 있다. 특히 한방의 쑥뜸은

사람이 되게 하는 쑥. 봄이면 지천으로 쑥쑥 자라는 쑥은 마늘, 당근과 더불어 성인병을 예방하는 3대 식물이다.

역사상 가장 오래된 치료법 중 하나라고 한다.

그뿐인가? 사람이 되길 바랐던 곰과 호랑이에게 환웅이 내어 준 것도 쑥과 마늘이었다. 범은 이를 잘 지키지 못했으나 곰은 삼칠일을 견더 여자가 되었다니 쑥은 곰을 사람으로 만들 수 있는 효험까지 지닌 위대한 식물이 아닌가!

쑥은 비타민과 미네랄, 그 밖에 갖가지 영양분이 풍부하게 들어 있는 우수한 약성 식품이다. 특히 눈을 밝게 하고 피부를 튼튼하게 하며 병균에 대한 저항력을 높여 주기도 하는 비타민 A가 많다. 또한 비타민 C도 많이 들어 있어 감기의 예방과 치료에도 좋은 역할을 한다.

"오늘 저녁에는 된장 풀어 쑥국이나 끓여 먹어야겠네."

최근 웰빙 바람으로 허브가 인기몰이를 하느라 비싸기도 하던데 쑥은 사실 우리나라의 대표 허브다. 로즈마리, 세이지, 라벤더 못지않은 토종 허브! 올봄에는 완전 공짜, 무한 제공되는 쑥이나 실컷 먹어야겠다.

아낌없었던
매화나무를 떠나보내며

큰맘 먹고 현관 앞 매화나무를 잘라 내는 작업에 들어갔다. 작년의 유독 긴 장마가 끝나자 매화나무가 어인 일인지 잎사귀 다 떨구더니 앙상하게 말라 버리고 말았다. 매년 봄 제일 먼저 꽃 소식을 전해 주며 나를 기쁘게 하던 놈이라 혹시나 다시 살아날까 잘라 버리지 못하고 두고 보다가 봄이 되었다. 다른 나무들 다 꽃망울 맺혀 터질 듯한데 혼자 까맣게 죽은 가지의 앙상한 몰골이 가슴 아프고 주변 사람들도 모두 가망 없다고 하여 그제야 미련을 버리고 잘라 내기로 한 것이다.

7년 넘게 키워 온 것이라 둥치도 굵고 뿌리가 윗가지 못지않게 굵게 자리해 제거하기가 여간 어려운 일이 아니다. 오전 내내 톱으로 자르고 도끼로 쳐내고 씨름한 끝에 나무를 들어내고 나니 주위가 휑하니 쓸쓸하기 그지없다. 버그럭거리는 마른 가지 끌어다가 뒷마당에 던져 놓고 보니 벌러덩 드러누운 꼴이 어찌나 애처롭던지…. 마치 사랑하는 사람

떠나보내듯 한참을 서서 보고 있으려니 '너무나 많은 것을 주기만 한 친구였구나' 싶은 생각이 든다.

4월 초 뜨락에서 제일 먼저 꽃을 피워 이른 아침 현관문만 열고 나가면 뜨락 가득 매화 향으로 채워 놓고 살포시 웃던 너. 흐드러진 꽃 아래서 매화 서너 송이 찻잔에 띄워 놓고 그 향에 취해 온갖 호사를 부리게 해 주던 너. 꽃 지면 열매 맺으니 항아리에 매실 켜켜이 앉히고 설탕에 재워 두면 진한 원액 뽑어 주어 여름 내내 갈증 날 때, 소화 안 될 때, 엄마 변비로 고생할 때, 한 잔씩 따라 마시는 가정상비약으로 효자 노릇해 주던 너. 원액 거르고 매실 남은 항아리에 그대로 소주 부어 두면 한 달 뒤엔 향 가득한 매실주로 다시 탄생하던 너. 가을 햇살 따뜻한 날, 다정한 이 멀리서 찾아오면 그 앞에 말없이 한 잔 술로 놓여 취할 만큼 아름다운 향을 뿌리고 모든 것을 빛내 주던 너. 그러고 보니 너로 인해 1년 내내 나는 행복했었던 거다.

"나무 한 그루에게서 이렇게 많은 것을 받으며 살고 있었구나."

새삼 놀라면서 뜨락을 둘러보니 어찌 매화뿐이랴 싶다. 감나무는 어떤가? 오뉴월 새 잎 따서 차로 만들어 두면 1년 내내 레몬의 20배나 되는 비타민 C 공급원이 되고, 열매 익으면 항아리에 차곡차곡 담아 어머니 좋아하는 연시 되어 기쁨 주고, 껍질 깎아 줄줄이 널어 두면 보기는 또 얼마나 좋은지. 꾸덕꾸덕 마르는 대로 하나하나 빼 먹으면 꿀보다 달콤한 간식거리로 재미나고, 말린 곶감 냉장고에 넣어 두고 명절이면 수정과 곶감말이로 별미 음식으로서 일품이다. 먹거리 풍성하게 해 주는 감나무 또한 버릴 것 없이 주기만 하는 나무인 것이다.

어느 사람이 이렇게 조건 없이 주기만 하면서 1년 내내 기쁨만 줄 수 있을까….

우리는 자연으로부터 참 많은 것을 받기만 하면서 산다. 자연과 사람과의 관계는 한쪽이 다른 한쪽에 종속된 일방적 관계가 아니다. 식물에 대해 늘 감사하고 존중하는 마음을 가져야 한다는 것, 그 마음을 도시에 살면서는 느낄 기회도 없었고 알지도 못했다.

시베리아 호랑이 숲에 사는 원주민들은 호랑이를 '호랑이'라 부르지 않고 '그 사람', '그녀'라고 부른다고 한다. 더불어 살아 보아야만 그 사랑과 감사함을 느낄 수 있는 모양이다.

그래서 나는 오늘 또 한 번 주변을 둘러보며 나무에게, 풀에게, 흙에게 감사하는 마음을 전한다.

이 음식은 어디에서 왔는가?

내 덕행으로는 받기가 부끄럽네.

마음에 온갖 욕심 버리고

육신을 지탱하는 약으로 알아

도업을 이루고자 이 공양을 받습니다.

어느 사람이 이렇게 조건 없이 주기만 하면서 1년 내내 기쁨만 줄 수 있을까?

절에서는 공양 전에 이렇게 감사 기도를 하고 겸손하게 밥상을 받는다. 나는 이 글을 벽에 붙여 놓고 언제나 이 마음 잊지 않으려고 애쓴다.

친구야, 술 익었다

여름에는 싱싱하고 촉촉한 열매와 채소들이 참 좋다. 특별한 요리 필요 없이 고추장만 있으면 되는 오이, 풋고추, 상추. 밥 대용으로도 충분한 감자와 옥수수가 나오고 술 담그기 좋은 매실, 오디, 앵두가 익어 가는 계절.

"매실주 자알 익었지? 이번 주말 매실주 먹으러 가기로 했다. 기다려!"

지난가을 우리 집 매실주를 맛본 친구들이 매실주 안부를 수시로 묻더니 드디어 바닥내리라 쳐들어온단다.

지난해 6월, 두 그루 매화나무에서 딴 매실이 10킬로그램이었다. 이 중 8킬로그램은 매실 원액을 만들기 위해 설탕에 재우고 2킬로그램은 소주를 부어 밀봉해 놓았었다. 매실 원액은 매실과 동량의 설탕과 함께 항아리에 담아 두었다가 두 달 반 만에 거르면 원액이 12리터 정도

매실주 동나도록 나눌 이야기와 정을 꿈꾸며….
이 병 다 비우고 가라. 새 술 담게.

나온다. 이렇게 거르고 난 후 매실을 버리는 것이 아니라 거르고 난 항아리에 매실을 그대로 둔 채 소주를 동량 부어 놓으면 다시 매실주로 탄생한다.

한 달 후 매실을 건져 내고 한 1년 다시 숙성시키면 그 맛과 향이 기가 막히다. 매실이 흡수한 설탕의 단맛과 매실이 내는 향과 알코올이 적당히 어우러져 환상적인 조화를 이룬다. 우리 집에서는 이렇게 원액을 뽑고 난 뒤의 매실로 만든 술이 더 인기가 높다.

생매실로 담근 술은 드라이하고 독한 반면, 매실 원액 부산물로 담근 매실주는 달달해서 입에 착착 붙으며 목 넘김까지 좋다. 원래 술꾼들은 단맛 나는 술을 별로 좋아하지 않는 것 같지만 내 주변의 사람들은 술맛이 아닌 분위기에 취하는 사람들이라서 그런지 달달한 매실주를 더 좋아한다. 지난가을 놀러온 친구들에게 이 매실주를 맛보였더니 맛있다고 난리가 났다.

사실은 채 익기도 전인데 까딱하다간 숙성도 되기 전에 동이 날 것 같아 반 정도를 간신히 숨겨 놓았다. 그 매실주가 이제 1년이 되었으니 제대로 맛이 날 때인데 친구들은 수첩에라도 적어 놓았는지 어찌 그걸 귀신같이 알고 전화질을 해 대는지.

드디어 약속한 주말이 되어 무려 아홉 명이 몰려왔다. 오늘 매실주 완전히 동나는 날이다. 안주는 오이, 상추, 쑥갓, 미나리, 깻잎을 숭숭 썰어 고춧가루, 식초, 참기름으로 양념한 골뱅이무침. 분위기가 마구

상승하고 있을 때 '나도 기분이다!' 하면서 내는 내 특별 서비스는 계속된다.

"이것도 맛 좀 볼래?"

"어머, 어머. 빛깔 예술이다. 이건 뭐야?"

"진보라색은 오디주, 연분홍은 앵두주."

"난 빨간색 앵두주!"

"야, 오디주가 그렇게 좋다는 거 아니니? 난 오디주."

지난여름 집 앞에 저절로 자란 오디가 까맣게 익은 걸 보고 건드리기만 해도 까만 진액이 터져 버리는 오디를 따 모아 술을 담가 두었었다. 도시 사람들은 오디가 뽕나무 열매라는 것을 모르는 사람이 많다. 앵두도 두 소쿠리나 따서 반은 주스를 만들어 먹고 빛깔이 하도 고와 반은 술을 담가 두었는데 앵두 빛이 우러나와 술 빛깔이 그리 고울 수가 없다.

"오늘 다 바닥내고 가라. 병 비우고 새 술 담게."

이렇게 해서 아끼고 아껴 두었던 술독은 거의 바닥나고 나는 이제 새 열매로 다시 술 담글 준비를 한다. 1년 뒤 다시 찾아 줄 친구들을 지금부터 기다리면서.

앵두, 오디 따서 담가 둔 과일주는 그 색깔과 향기가 기가 막히니
멀리서 다정한 이들 오면 마주하려고 아껴 두고 있다.

호박과 사랑에 빠진 날

오늘 마당에서 단호박을 하나 따다가 쪄 먹었다. 얼마나 달고 맛있는지! 단호박은 복잡한 양념 필요 없이 그냥 쪄 먹는 게 최고다. 씨앗 뿌리기가 좀 늦어서 심을까 말까 망설이다 마당 구석에 몇 알 심어 놓았더니 1주일 지나 싹이 나오고 이어서 꽃 피고 열매 맺어 꼭 석 달 만에 이렇게 멋진 먹을거리를 제공해 주니 얼마나 사랑스러운 친군가! 호박꽃이 밉다고 한 것은 순전히 모함이다. 꽃도 예쁘고 특히 벌들이 얼마나 좋아하는데. 오늘은 호박과 사랑에 빠진 날이다.

시골 살아 좋은 것은 먹거리 걱정을 할 필요가 없다는 것이다. 작은 소쿠리 하나만 있으면 된다. 봄에는 민들레, 씀바귀, 고들빼기 등. 먹을 수 있는 풀이 얼마든지 있으니 끼니때마다 나가 한 소쿠리 뜯어 무쳐 놓으면 임금님 수라상이 부럽지 않다.

여름에는 상추, 오이, 고추 따다가 고추장 푹 찍어 먹고, 감자 나올 때는 감자 캐서 졸여 먹고 삶아 먹고. 서울 손님들 내려와도 뭐 맛난 것 대접할까 고민할 필요 없이 푸성귀 한 소쿠리에 고추장 한 종지 내놓으면 맛있다는 곳 다 찾아다니는 미식가들도 '최고다' 하면서 밥 한 그릇 더 달라고 한다. 여기에 디저트로 자연산 딸기 한 접시 곁들이면 어지간한 호텔의 디너파티도 울고 간다.

딸기는 씨를 뿌린 적도 없는데 어디서 날아왔는지 뜨락 한 귀퉁이에서 자라기 시작하더니 제법 퍼져 여름이면 나를 행복하게 한다. 매장에서 파는 것같이 크고 윤기 흐르는 것은 아니지만 무농약, 무비료 그야말로 순수한 무공해 자연산이다.

주식이나 부식뿐 아니라 기호품도 내 주변의 것으로 해결한다. 서울 살 때는 하루에 몇 잔씩 마시던 커피도 이미 잊은 지 오래고 병이나 캔 음료수도 언제 마지막으로 샀는지 기억에도 없다. 오뉴월에 말려 두었던 감잎차는 구수한 맛에다 비타민을 따로 먹을 필요 없고, 유월에 담아 두었던 매실 원액은 맛도 일품이지만 소화가 안 될 때 조금 따라 마시면 금방 트림이 나오며 가슴이 뻥 뚫린다. 앵두, 오디 따서 담가 둔 과일주는 그 색깔과 향기가 기가 막히니 멀리서 다정한 이들 오면 마주하려고 아껴 두고 있다.

요사이는 작대기 하나 들고 나가 덤불 사이사이 숨어 있는 놈 찾아내어 무쳐 먹고 볶아 먹고 부침개 해 먹는다. 제철에 나는 푸성귀 과일은 저장할 필요 없이 그때그때 실컷 먹는다는 것이 나의 먹거리주의다. 그

제철에 나는 푸성귀 과일은 그때그때 실컷 먹자.
대신 물자는 덜 쓰고 덜 버리기, 마음은 많이 쓰고 많이 버리기.

렇다고 내가 이 모든 농사를 다 짓느냐 하면 그건 아니다.

"상추 뜯어다 먹어. 내가 바빠 뜯어줄 수는 없으니께, 알아서 갖다 먹어."

"아니, 고추 따다 먹으라니께. 어이 소쿠리 갖고 와."

앞의 밭 김 씨 아저씨, 옆의 밭 광희네, 뒷밭 이성구 씨네, 인심 좋아 보이는 대로 나누어 주기도 하고 또 손 모자라 제때 따지 못하는 건 다 내 차지다.

서울로 볼일 보러 가는 길, 차창 밖 누렇게 변해 가는 벼가 참 보기 좋아 넋 놓고 바라보고 있는데 옆자리 할머니의 혼잣말이 들린다.

"공장 참 많기도 하다."

그러고 보니 들을 잠식해 들어오는 거대한 상자 갑 같은 공장 건물들이 눈에 많이도 띈다. 별별 종류가 다 있고 거대한 물류창고 앞에는 대형 컨테이너가 산처럼 쌓여 있다. 도대체 얼마나 많은 것들이 실려와 풀어졌을까? 인간이 살아가는 데 저렇게 많은 것들이 다 필요할까? 새삼 도시 생활에서 아무렇지도 않게 쓰고 버리고 하던 것들이 참 많았다는 것에 놀란다.

물자는 덜 쓰고 덜 버리기, 마음은 많이 쓰고 많이 버리기.

시골로 내려올 때 첫 번째 삶의 원칙으로 정한 것이다. 먹는 것이야 끊을 수 없으니 마련은 하되 되도록 노동하여 거둔 것으로 해결하려 노력한다. 의생활과 주생활에 쓰는 돈은 난방비나 전기료 등 기초적인 것 빼고는 거의 끊었다. 그러려면 몸을 움직여 노동을 해야 하고 편한 것 일부는 포기해야 한다. 그래도 그렇게 살아 보면 또 다른 사는 재미에 푹 빠지게 된다. 생활비는 10분의 1로 줄었지만 만족감은 10배로 늘었다.

그래, 넉넉함과 행복감은 정비례하지 않는다. 물자와 편안함은 행복의 조건이 아니었다.

농사는 상품이 아니라
식품을 만드는 것이여

공주대학교 산업과학대학에서 최고농업경영자과정을 이수한 것은 내게 큰 도움이 되었다. 우리 지역 예산에도 이런 대학이 있다는 것이 참 감사했다. 젊은이들 왔다 갔다 하는 것 볼 수 있어 좋고, 농촌 사람도 이렇게 배울 수 있는 기회가 있으니 신이 났다. 특히 이 특수과정은 등록금이 250만 원인데 도에서 200만 원을 지원해 주니까 본인은 50만 원만 부담하면 된다.

축산 전공과 원예 전공이 있는데 나는 원예반을 택했다. 1년 동안 채소와 과수 키우는 법부터 백합과 국화 키우는 법까지 참 많은 지식을 얻었다. 학생들은 대부분 큰 농사를 짓는 사람들이었고 초보 농군은 나 하나뿐이었다. 그래서 교수님들한테서 배우는 것도 많았지만 농사 선배들에게서 배우는 것도 쏠쏠하고 유익했다.

특히 주 관심사인 자연농법에 대한 강의는 뇌리에 생생하다. 평생을 자연농법 연구와 전파에 바친 초대 강사의 강의 시간이었다. 깐깐한 선생님은 학생이 중간에 잠깐 나가면 다시 못 들어오게 했다. 강의 흐름에 방해가 될 뿐 아니라 배우고자 하는 자세가 되어 있지 않다는 것이었다. 강의를 시작하면서 선생님이 학생들에게 물었다.

"왜 농사를 짓는가?"

"돈 벌려구유."

선생이 호통을 쳤다.

"돈 벌려면 도시로 가야지, 왜 농사를 지어!"

다시 물었다.

"여기는 왜 왔는가? 뭘 배우러 왔어?"

다른 학생이 대답했다.

"배워서 상품가치를 높여 보려고요."

선생이 다시 호통을 친다.

"농민이 식품을 만들어야지, 왜 상품을 만드는 거여! 상품을 만드니까 안 되는 거여! 농사는 1차 산업이지 공장이 아니란 말이여! 농사는 투기가 아니라 직업이여. 농사를 지어서 돈을 벌어야겠다고 생각하면 그건 틀린 기여. 단지 생활을 보장받으면 그것으로 되는 게지. 돈 벌어 자식에게 물려주는 것이 아녀."

특히 선생님은 모든 것을 농사짓는 사람의 입장에서 생각하지 말고 식물과 땅의 입장에서 생각해야 한다고 강조했다. 화학비료나 농약은

"사람의 손으로 콩 만들어 내고 쌀 만들어 낼 수 없으니까 식물에게 부탁해서 식물이 생산해 내는 것을 사람이 새치기하는 것이여. 그러니 식물에 대해서 늘 존경심과 감사하는 마음을 가져야 해."

땅과 물과 공기와 식물의 생각을 거스르고 사람의 입장에서 생각해 낸 결과물이며 식물과 땅의 입장에서 생각하는 것이 자연농법이라고 했다.

"사람의 손으로 콩 만들어 내고 쌀 만들어 낼 수 없으니까 식물에게 부탁해서 식물이 생산해 내는 것을 사람이 새치기하는 것이여. 그러니 식물에 대해서 늘 존경심과 감사하는 마음을 가져야 해."

그 말을 들으니 지난가을 일이 생각났다. 용이 할머니가 어디론가 바삐 걸어가고 있었다.

"어디 가시는 거예요?"

"정자네 밭에. 아니 고구마에 꽃이 폈다네. 평생 농사지어도 고구마에 꽃 핀 거 본 적이 없는데 웬일이래?"

"옛날 어른들이 그러시긴 했어. 고구마에도 꽃이 핀다고. 나두 가 봐야겄네."

그래서 모두들 고구마 꽃 본다고 정자네 밭으로 몰려갔다. 모든 식물은 꽃이 피기 마련인데 사람들이 저 필요한 것 거두고 싹 엎어 버리니 많은 식물들이 꽃 한번 제대로 피워 보지 못하고 사라지는 것이다. 식물의 입장에서는 참 기가 막힐 노릇이 아니겠는가?

선생님은 더욱 강조하셨다.

"사람과 사람 사이뿐 아니라 동식물과 사람의 관계도 신뢰가 기본이어야 해. 특히 동식물과 사람 사이의 관계는 약탈과 협박이 아니라 상부상조에 바탕을 두어야 하는 게야. 자라는 주체에게 맡겨 두는 것, 그

것이 진정한 '농심'인 게야."

나는 이 말을 가슴에 깊이 담았다.

메주가 너무 예뻐

시골살이 시작한 이래 거의 매일 식탁에 오르는 것이 된장이다. 된장만 있으면 영양 많은 밥상을 사시사철 장만할 수 있으니 정말로 좋은 필수 식재료가 아닐 수 없다. 쌀뜨물 받아 된장 풀고 철따라 냉이, 달래, 쑥, 호박, 아욱, 배추, 시래기, 콩나물, 두부 등 무엇이든 넣고 끓이기만 하면 참살이 식단일 뿐 아니라 맛도 좋아 질리지도 않는다. 특히 비 주룩주룩 오는 날이면 밀가루 조금 덜어 거기다 된장, 고추장 섞고 풋고추 잘게 썰어 넣어 장떡 지져 내면 또 얼마나 맛있는지.

어머니는 젊어서 손맛이 좋았다. 우리 집 간장, 된장, 김치는 동네에서 맛있기로 소문나 있었다. 그렇게 솜씨 좋고 부지런하던 어머니도 나이 팔십에 몇 년을 아버지 병 수발하느라 지쳐서인지 두 해 전부터는 '귀찮아서 못 하겠다' 하셨다.

그래서 지난 2년 동안 우리 집에서는 메주 쑤고 장 달이는 일이 없었다. 그러나 이제는 내가 본격적인 시골살이를 시작했고 더구나 간장독도 거의 바닥을 드러내고 있으니 앞으로는 김장이고 간장이고 된장이고 내 손으로 제대로 담아야겠다는 생각이 들었다. 메주 쑬 준비를 하기 위해 콩을 물에 담가 놓고 콩 삶던 가마솥 뚜껑을 열어 보니 그만 뻥 구멍이 나 있다.

"아까워서 어쩌냐… 이상해. 가마솥은 늘 써야지 안 쓰구 두면 저렇게 삭아서 구멍이 나더라."

시골로 이사 오자마자 어머니는 이 가마솥을 구해 걸어 놓고 정말 좋아하셨는데 몇 년 동안 간수를 하지 않았더니 그만 녹슬어 망가진 것이다.

어쨌거나 콩을 어디다 삶지? 그런데 마침 용이네가 메주를 쑨단다. 용이네 부엌에는 커다란 가마솥과 조금 작은 가마솥 두 개가 걸려 있다. 용이네 된장 맛에 이미 감탄한 바 있는 나는 솜씨도 전수받을 겸 용이네 부엌으로 달려갔다.

큰 가마솥에는 용이네 것 두 말, 작은 가마솥에 내 것 한 말을 앉혔다. 아궁이 앞에 철퍼덕 앉아서 불을 때며 그을음으로 채색된 오래된 부엌을 둘러보니 유비쿼터스로 무장한 최첨단 부엌보다도 이 부엌이 더 멋스럽고 좋다. 도시 생활하다 시골로 옮겨 앉은 사람들이 뒤늦게 깨닫는 것이 있다. 우리네 살림에는 불 때는 아궁이와 온돌방이 꼭 필요하다는 것.

도시 생활하다 시골로 옮겨 앉은 사람들이 뒤늦게 깨닫는 것이 있다.
우리네 살림에는 불 때는 아궁이와 온돌방이 꼭 필요하다는 것.
괄한 불처럼 괄한 삶이 꼭 필요하다는 것.

"난 다시 집 짓게 되면 이런 부엌을 꼭 만들 거야!"

"참내, 좋긴 뭐가 좋아. 몇십 년을 매일 불 때서 이 가마솥에 밥해 먹은 거 생각하면…. 아래채 짓구 새 부엌 만든 건 얼마 안 되어. 아유, 그 얘기 하니 우리 아버님 생각나서 눈물 나네… 우리 아버님 같은 양반 없어. 내게 참 잘하셨는데… 노상 말씀하셨지. 얘야, 일 좀 고만해라. 너 어쩌자고 그렇게 일하니…."

눈물 닦아내는 용이 엄마의 실타래같이 풀려 나오는 시집살이 이야기를 들어가며 저녁 5시가 되어서야 콩 삶는 일이 끝났다. 삶은 메주콩을 체에 밭쳐 물기 빼고 찧어서 모양 잡아 죽 늘어놓으니 메줏덩어리들이 그렇게 예쁠 수가 없다.

"아니, 이렇게 예쁜 메주를 왜 못생겼다고 하는 거지? 아줌마, 예쁘지?"

"그려, 예쁘구만…."

"이제부터 누가 나보고 메줏덩어리같이 생겼다고 하면 난 좋아할 거야."

이제 며칠 후 요 예쁜 덩어리들이 꾸덕꾸덕해지면 짚으로 묶어 처마 밑에 죽 매달아 말렸다가 내년 봄에 간장, 된장 담그면 다시 든든한 1년 양식이 마련되겠지. 메주 쑤고 며칠 동안 어여쁜 메줏덩어리들이 머릿속을 동동 떠다니며 나를 행복하게 했다.

간장 종지에
담긴 체취

작년 11월 19일 하루 종일 콩을 삶아 찧어 메주를 빚고, 그늘에서 꾸덕꾸덕 말린 메주를 새끼줄로 묶어 처마 밑에 걸어 말리고 다시 따뜻한 구들목에서 띄웠다. 그렇게 넉 달 후에 메주는 소금물에 몸 담그고 간장으로 변신하는 과정에 들어갔다. 이틀 전에 잘 뜬 메주를 박박 씻어 체에 밭쳐 말려 두었고 1년 이상 항아리에 담아 간수 뺀 천일염도 물에 풀어 두었다. 메주가 한 말이니 소금 한 말에 물 두 말 반이다. 소금은 미리 사서 간수를 빼 두는 것이 좋다고 한다. 간수를 빼지 않으면 소금물에서 쓴맛이 난단다. 어머니가 구석에 박아 두었던 금이 간 항아리를 앞으로 꺼냈다.

"남은 소금은 저 항아리에 담아 두자."

"엄마, 이거 금 간 항아린데?"

"응. 옛날 할머니 보면 일부러 금이 간 항아리에 소금을 담아 놓고 썼어. 한 1년 담아 두면 금이 간 곳으로 서서히 간수가 빠져나가거든."

오호! 조상들의 작은 지혜다. 장 띄울 항아리에 메주를 담고, 풀어 두었던 소금물을 조심조심 떠내어 부었다. 마치 계량이라도 한 듯이 찰랑찰랑 간장 항아리 끝까지 차올랐다. 물 위로 메주가 2센티미터쯤 떠올랐다. 가장 적당한 소금물의 농도라는 표시다. 여기에 또 한 가지 작업이 남아 있다. 숯 두 덩어리를 불 붙여 발갛게 달아올랐을 때 간장독에 넣으니 '치지지직' 소리가 난다. 소독용이다.

그리고 지난가을 잘생긴 놈으로 챙겨 두었던 말린 빨간 고추도 몇 개 곁들여 넣었다. 그러고 보니 참 환상적인 빛깔의 조화다. 까만 숯에 빨간 고추, 잘생긴 누런 메주.

메주를 소금물에 담가 놓은 지 다시 40일이 지난 오늘, 드디어 간장 달이는 날이다. 그동안 매일 낮이면 장독 뚜껑을 열어 햇빛을 충분히 받게 했더니 맑았던 소금물은 점점 투명한 검은색으로 바뀌어 가고 있었다.

지난번 콩 삶을 때 녹이 쓸어 못쓰게 되었던 가마솥을 자세히 살펴보니 다행히 구멍이 난 것은 아니었다. 버리기엔 너무 아까워 씻고 말리고 닦기를 반복하면서 길을 들여 다시 쓸 수 있도록 해 놓았다. 장독대 옆에 벽돌로 가마솥을 걸 수 있게 화덕을 만들고 솥을 걸어 놓으니 참 멋있다.

먼저 메주를 건져 내어 손으로 부수고 으깨니 이것이 바로 된장이다.

우리의 음식은 기다림의 미학이다.

된장이 떨어진 지 벌써 오래되었는데 이제부터는 내 손으로 담근 된장을 먹을 수 있게 되었다는 생각에 벌써부터 입에 군침이 돈다. 된장은 예쁘고 작은 항아리를 골라 잘 모셔 두고, 솥 걸어 둔 화덕에 장작 넣고 불 지핀 후 간장을 솥으로 옮겼다. 끓기 시작하면 순식간에 부글부글 넘치기 때문에 반드시 옆에 지키고 있다가 적절한 조치를 취해야 한다. 두 번에 나누어 팔팔 끓인 후 식혀 밑간장이 남아 있는 독에 부었다.

"엄마, 새로 만든 거 새 독에 붓지 말고 먼저 간장 있는 데 같이 부어?"

"그래, 그렇게 해야 간장이 맛있는 거야."

수십 년 동안 붓고 덧부으며 내려온 간장이다. 파는 간장과 집 간장이 바로 이런 과정에서 그 깊은 맛에 차이가 나는 모양이다.

우리의 음식은 기다림의 미학이다. 기본양념 하나 만들기 위해 지난 11월부터 장장 5개월의 과정을 이어 왔다. 여기서 끝난 것도 아니다. 이제 이것을 햇빛과 습도와 온도가 협력해 주어 잘 숙성이 되어야 한다. 그러니 하나의 양념이 완성되기까지 근 1년을 기다리는 것이다.

난생처음 내 손으로 장을 담아 보았는데 생각보다 어려운 것은 아니었다. 단지 우리 음식은 정성이 없으면 백발백중 실패라는 것을 깨달았다. 근 반년 동안의 긴 장정, 과정 과정이 너무나 아름다웠고 내게 큰 즐거움이었다. 우리의 먹거리는 사람과 햇빛과 물이 함께 만들어 가는 것이라는 것을 알았고 자연을 적절히 이용해 온 조상들의 지혜도 배우게 됐다.

이제 작은 종지에 담긴 까만 간장에서 나는 햇빛과 바람을 느낄 수 있다. 아름다운 물과 나무와 꽃도 볼 수 있다. 그리고 할머니의 체취도 사라지지 않고 그 안에 남아 있다는 것을 생각하니 눈물이 핑 돈다. 어머니와 나의 체취도 이 작은 간장 종지에 남아 이어질 수 있을까?

내 손으로
집 져 볼티유

2012년 9월 낯선 사람들이 슬로시티 대흥에 모였다. 예산대흥 슬로시티협의회가 주관하는 '흙집 짓기 교육캠프'에 참가하기 위해서다. 가까이 예산에 사는 분들도 있고 멀리 서울에서 온 분들도 있었다. 건축 현장에서 일하고 있는 전문가가 있는가 하면 노동일은커녕 평생 연장 한번 만져 본 적 없는 사람도 모였다. 건축에 대해서 알건 모르건 모두들 친환경 생태건축이라는 흙집을 직접 지어서 마음껏 살아 보고 싶은 꿈을 가진 사람들이다.

교육생 열일곱 명이 두 달에 걸쳐 지을 집은 요새 한창 관심이 집중되고 있는 스트로베일(strawbale) 하우스. 볏짚단과 흙을 주재료로 해서 열 평짜리 흙집 두 동을 짓는 일이다. 그나저나 이렇게 중구난방으로 조합된 팀이 과연 사람이 살 만한 집을 지을 수는 있는 건가?

봉수산 휴양림 초입에 있는 현장에 첫발을 내디뎠다. 첫날 교육생들의 얼굴은 평화롭기만 하다. 장차 닥치게 될 그 지난한 여정은 생각조차 못한 채….

자, 이제 아무것도 없는 땅에다 집이 앉을 자리에 줄 긋는 일에서부터 시작이다. 과연 이 땅 위에 우리 손으로 집이 세워질까? 일단 기초공사를 위한 작업 돌입. 난생처음 거푸집을 조립하고 철근을 엮고 구부리고 자르고… 우와, 힘들다. 그래도 폼은 제법 일류 기술자?

곧이어 목조팀이 들어왔다. 집의 골조를 만들고 볏짚 넣을 공간을 확보하는 작업 담당이다. 50센티미터 폭으로 이중 골조를 세우고 그 사이에 볏짚을 채워 넣게 될 것이다.

볏짚이 도착했다. 이 동네 대흥의 볏짚이다. 한 농가에서 2년 동안 바싹 말린 것으로 스트로베일 하우스에 딱 좋은 재료다. 자, 그럼 본격적인 볏짚 채우기 시작! 이때부터 알았다. 우리가 해야 할 일이 만만한 일이 아님을. 드디어 몸 던져 겪어 내야 할 험난한 여정이 시작된 것이다.

"볏짚, 볏짚, 이놈의 볏짚…."

선생님이 소리친다.

"대충은 절대 안 됩니다. 더 더 더 꼼꼼하게!"

볏짚에서 나오는 먼지가 장난이 아니다. 그래도 한 치 한 치 벽을 채워 나간다. 손가락이 들어가지 않을 정도로 단단하게 채워 넣어야 한다.

벽에 볏짚을 꼼꼼하게 채워 넣은 후에는 흙작업이 시작된다. 흙과 모래를 적당한 비율로 섞어 흙반죽을 하고 일일이 손으로 미장을 해나간

"볏짚, 볏짚, 이놈의 볏짚 ⋯."
선생님이 소리친다.
"대충은 절대 안 됩니다. 더 더 더 꼼꼼하게!"
흙집 짓기는 한 손 한 손 정성과 끈기가 요구되는 일이다.
어떤 일이든지 그렇겠지만 '대충'이나 '쉽게'는 용납되지가 않는다.

다. 흙집 짓기는 한 손 한 손 정성과 끈기가 요구되는 일이다. 어떤 일이든지 그렇겠지만 '대충' 이나 '쉽게' 는 용납되지가 않는다.

그래도 사람 손이 무섭다. 하루가 지나니 요령을 습득했는지 조금 수월해진다. 거칠던 벽면이 조금씩 매끄러운 자태를 드러낸다.

구들장 놓는 날. 화덕에 가마솥을 걸고 천연 페인트를 만드느라 해초를 삶고 있다. 우리가 짓고 있는 집은 주변에서 구할 수 있는 흙과 짚을 주원료로 한 생태건축물이다. 집을 지으며 생태건축의 의미와 흙의 성질을 손과 머리로 배운다.

교육이 끝나면서 우리는 깨달았다. 힘든 노동 끝에 찾아오는 달콤한 휴식, 땀 흘린 자만이 누릴 수 있는 행복감. 역시 막걸리는 노동자들의 술이라는 것도.

석 달여 만에 드디어 집 두 동이 완성되었다. 아마추어 열일곱 명이 만든 집이.

아궁이에 처음으로 불을 때고 아랫목에 누워 보았다. 방바닥도 전통식으로 콩땜한 종이장판으로 깔았다. 참 신기하다. 흙집이 이래서 좋은 거구나! 편안하다. 새집증후군 같은 것 아예 모른다. 화학약품 냄새가 아닌 흙냄새, 나무 냄새 그리고 콩기름 냄새가 향기로운 집이다.

우리는 이 집을 '숨과 쉼의 집' 이라고 이름 붙였다. 앞으로 도시인들이 이곳에서 편안하게 숨 쉬고 쉬어 갈 수 있기를 희망하면서….

집짓기 작업이 끝나고 교육생 모두가 한 말!

"집은 클 필요 없구나. 딱 열 평이면 충분하네."

사람에게는 얼마만큼의 땅과 집이 필요한가!

바느질을
다시 시작하다

몇 년 만에 잡아 보는 바느질인지…. 휴, 드디어 끝냈다!?

오래전부터 꼭 하나 만들고 싶었던 것, 드디어 오늘 새벽에 마감하고 탁자 위에 깔아 보았다. 한 20년 전 입었던 어깨 뽕이 심하게 들어간 정장 윗도리 두 개, 치마 하나, 바지 하나를 해체해서 이어 붙이고 꿰매어 만든 것이다. 하나, 둘, 셋… 천 조각 60개를 이어 붙였다. 가로 180센티미터에 세로 100센티미터.

손바느질할 때마다 느끼는 거지만, 한 땀 한 땀 이어간 것이 이런 결과물로 탄생하는 과정이 참 신기하다. 대충 계산해 봐도 5천 번 정도 바늘을 찌른 거네. 손가락에 굳은살 박였다. 내가 만들었지만 정말 멋지다. 16년째 쓰고 있어 너덜너덜해진 흔들이 의자에 걸쳐 놓아도 가죽 소파나 나무 의자에 척 걸쳐 놓아도 멋있다.

우리 마을에서도 최근 치유 프로그램으로 바느질을 시작했다. 매주 금요일 우리는 함께 모여 바느질을 한다. 바느질이 무슨 치유 효과가 있느냐고? 정신적, 육체적으로 감당하기 힘든 큰 짐을 어깨에 잔뜩 짊어지고 살아야만 했던 지난날 우리나라 여성들이 밤마다 초롱불 밑에서 하얀 밤을 꼴깍 새우며 해내던 바느질의 힘을 모르는 소리.

내가 바느질을 시작한 건 4년 전. 당진의 농촌여성문화연구소에서 진행한 '바느질로 맺어진 우리는 일촌' 이라는 프로그램에 참여할 수 있었던 것은 큰 행운이었다. 이주 여성 정착을 위한 쌍방향 다문화 이해증진 프로그램이었는데 이 프로그램의 취지는 바느질이라는 여성 고유의 활동을 통해 이주 여성과 지역 여성이 자연스럽게 만나 서로를 격려하며 아름답게 소통하자는 것이었다. 일본, 중국, 필리핀, 베트남 등지에서 온 이주 여성들과 다양한 활동을 하는 현지 여성들이 6개월 동안 일주일에 한 번씩 만나 수다를 떨며 바느질을 했다. 우리는 시간이 지날수록 거창한 취지는 별로 중요한 것이 아님을 알았다. 아니 취지를 새삼 일깨울 필요가 없었다. 우리 여자들은 자연스럽게 어울리며 서로 이해하고 소통하고 있었던 것이다. 그때 깨달았다. 바느질이 언어를 뛰어넘는 훌륭한 치유의 도구가 될 수 있다는 것을.

마을에서 진행할 치유 프로그램으로 생각해낸 것이 바느질이었다.

"바느질을 하다 보면 낮에 있었던 화나는 일이나 안 좋은 일을 다 잊어버리게 돼. 옛날 여자들도 그랬을 것 같아. 물론 가족들의 의복이나 생계를 책임져야 하는 노동일 수도 있지만 분명 바느질에는 노동 그 이

언어를 뛰어넘는 훌륭한 치유의 도구, 바느질.
옛 여인들은 매일 밤 바늘을 손에 잡고 한 땀 한 땀 떠 가면서 스스로 치유하며 살았던 것이다.

상의 무엇이 있어."

"맞아. 나도 그런 생각했다니까. 매일 밤 바늘을 손에 잡고 한 땀 한 땀 떠 가면서 스스로 치유하며 살았던 거야. 바느질을 해보니 알겠더라니까."

매주 금요일 바느질방에서는 바느질 예찬이 끊이지 않는다.

우리가 하는 바느질은 좋은 천을 사서 하는 것이 아니라 안 쓰는 옷이나 남은 천 조각을 이용해서 새로운 것을 만들어 내는 재활용 바느질이다. 아무것도 아닌 '천조가리들'이 새로운 가치를 갖고 멋지게 재탄생할 때마다 우리는 스스로에게 한껏 감탄한다.

"나는 요새 내가 참 자랑스러워. 한 가지, 한 가지 끝낼 때마다 내 손이 정말 기특한 거야."

이것이 치유가 아니고 무엇이겠는가? 치유는 스스로 자기를 바로세우고 일으키는 것부터 시작하는 것이니까. 이 프로그램의 목적이 바느질이라는 활동을 통해 기능도 익히고 개인의 내면의 힘을 기르자는 것이었다. 그 옛날 우리 어머니들이 견디기 힘든 시집살이와 가부장 문화 속에서 감정을 추스르고 인내하며 자기 자리를 지켜 나갈 수 있었던 힘도 바로 내면에 깊게 자리한 자존감이었을 게다. 여자들의 손에 들린 바늘과 실, 그것은 단순히 천을 꿰매는 도구가 아니었다. 마음을 꿰매고 다듬고 모양을 완성해 가는 정신적 도구이기도 했다.

참, 바느질은 산만하거나 집중하지 못하는 아이들에게도 좋은 치유

행위가 된다. 서산의 한 도서관에서 아이들을 대상으로 바느질 프로그램을 진행한 적이 있었는데 잠시도 가만있지 못하던 아이들이 차분히 한 땀 한 땀에 집중하는 모습이 정말 기특했다. 그러니 우리 모두 앉아서 한 바느질 합시다!

바느질은 마음을 꿰매고 다듬고 모양을 완성해 가는 정신적 도구다.

· 제5부 ·

무봉리 마을학교 시인들

엄마한테
이러지 마세요

"엄마, 안 들려? 왜 말귀를 못 알아듣고 딴청을 해?"

자식 말 얼른 알아듣지 못하고 엉뚱한 짓 한다고 제발 이러지 마세요.

'알았어, 알았어' 하지만 귀 어두워 남 앞에 서기 두려워진 지 벌써 오래랍니다.

"엄마, 제발 질질 흘리지 좀 마. 이거 안 보여?"

간장, 설탕, 고춧가루 여기저기 지저분하게 만들었다고 제발 이러지 마세요.

웃음 머금고 '그래, 그래' 하지만 이미 눈이 침침해져 세상이 뿌옇게 보인 지도 오래랍니다.

"에구 짜! 도대체 소금을 얼마나 넣은 거야? 못 먹겠다."

음식 맛이 예전 같지 않다고 제발 이러지 마세요.

'어쩌냐, 어쩌냐' 멋쩍어 하지만 혀 끝 감각 무디어져 맛을 모른 지도 벌써 오래랍니다.

"글쎄, 먹기 싫다는데 왜 그래. 제발 귀찮게 좀 하지 마!"

눈치 없이 자꾸 음식 디민다고 제발 이러지 마세요.

주어도 주어도 덜 준 것만 같아 속 끓이는 사람이 엄마랍니다.

"아버지는 원래 그러니까 엄마가 좀 참아."

엄마가 져야 큰소리 안 나고 편안하다고 제발 이러지 마세요.

'걱정 마, 걱정 마' 하지만 엄마라고 태어나면서부터 참는 것만 입력된 인조인간이 아니랍니다.

그리고 엄마한테 제발 이러지 마세요.

"엄마, 괜찮지?"

힘없어 주저앉으면서도 '괜찮아, 괜찮아' 하는 것이 엄마랍니다.

나이 들어 걸음 둔해진 엄마는 당신 나이 든 것까지도 자식에게 미안해 많은 걸 숨긴답니다.

온 힘 다해 쥐고 있던 끈, 너무 힘겨워 한순간 놓쳐 버리면 그만 스르르 무너지고 마는 것을.

지금 중환자실, 저 문 안에서 혼자 힘겹게 싸우고 있는 엄마,

딸은 또 한 번 바보같이 이런답니다.

'엄마 괜찮지? 우리 엄마는 강하니까 꼭 이겨 낼 거야.'

– 풀각시의 '엄마한테 이러지 마세요.'

95년 11월 어느 날 아침, 팔십의 어머니가 갑자기 쓰러지셨다. 아니

“엄마한테 잘해야 혀.”

'갑자기' 가 아니다. 4년 동안 아버지의 수발을 들어오신 어머니의 심신은 지칠 대로 지쳐 견디어 낼 수 있는 한계치를 넘은 것이다. 중환자실 앞에서 밤을 새우며 그동안 내가 어머니께 함부로 했던 말과 행동들 하나하나가 얼마나 후회가 되던지…. 이 글을 적어 가슴에 품고 나는 펑펑 울었다.

하늘이 도와 어머니는 위험한 고비를 넘기고 퇴원하셨다. 한참 안 보이던 어머니가 집으로 돌아오자 아버지는 이 상황을 어떻게 이해해야 하는지 애를 쓰시는 것 같았다. 아버지는 자주 어머니를 '아내' 와 '엄마' 로 혼돈하셨는데 "엄마야, 엄마야" 부르며 누워 있는 어머니 곁을 떠나지 않았다.

밤이면 나는 아버지와 어머니 사이에 내 이부자리를 깔고 두 분을 돌보았는데 지금 생각해도 정말 이상한 건 그 후 보름 만에 아버지가 돌아가셨다는 것이다. 돌아가시기 한 달 전까지만 해도 아버지는 거동이 불편할 뿐 건강은 좋았었고 나는 아버지가 틀림없이 100살을 넘길 것이라 생각했었다.

지금 생각하면 아마도 아버지가 '우리 딸 고생시키지 않으려면 내가 먼저 가야겠다' 라고 생각하신 것이 아닌가 한다. 돌아가시기 얼마 전에는 정신이 오락가락 하는 중에 내 손을 끌어당겨 잡으시며 "엄마한테 잘해야 혀." 하시는 것이었다. 그것이 아버지의 마지막 당부가 되고 말았다.

엄마가 중환자실에 누워 계실 때 눈물범벅이 되어 적어 두었던 글을 수시로 꺼내어 읽어 보면서 다시는 가슴 속에 한을 만들지 않겠다고 다짐했건만 그것도 잠시 뿐, 늘 엄마는 내 스트레스를 푸는 만만한 대상이었다.

그런데 이런 불효자가 뜻밖의 상을 받은 적도 있다. 우리 동네에서는 1년에 한 번씩 '향교전통문화시연회' 가 열린다. 예산향교, 덕산향교, 대흥향교가 주최하는 이날 행사는 '기로연(耆老宴)' 이라 하여 지역의 칠십 이상 된 노인들을 초청하여 음식을 대접하고 효자를 뽑아 시상하는데 대흥향교에서 '노부모를 잘 모셨다며 나를 효자로 추천한 것이다. 나는 민망하고 부끄러워 몸 둘 바를 몰랐다. 동네 어른들에게 등 떠밀려 상을 받기는 하였으나 참으로 민망했다.

엄마한테 제발 이러지 마세요.

잠 안 오는 이 밤, 다시 한 번 꺼내어 읽어 보니 새삼 눈물이 주르륵 흐른다.

왜 알면서도 마음같이 못 해 드렸는지….

함께 걷는 부부

어김없이 오늘도 걷고 계시는 두 분. 우리 집 아래 사시는 권 씨 할아버지 할머니 내외다. 아침 점심 저녁 하루에 세 번, 아니 수시로 두 분이 말없이 걷는다.

몇 년 전 할머니가 쓰러져 119에 실려 가셨다. 연세도 있고 쓰러지시기 전에도 이미 건강이 좋지 않았다. 심한 당뇨와 고혈압, 관절염에다가 백내장 수술까지 흔히 말하는 종합병원이었다. 그런데 이번에는 정말 심각했다. 동네에서도 모두들 다시는 일어나기 힘들 거라고 했다. 몇 달 후 병원에서 나오시기는 했지만 회복되어 퇴원한 것이 아니라 병원에서 더 조치해 줄 별다른 치료가 없어서였다.

"운동하세요!"

퇴원할 때 의사의 한마디. 그러나 의사도 할머니가 운동해서 회복될 것을 기대하고 한 말은 아니었을 것이다. 할머니는 휠체어에 앉아 있기도 힘든 상황이었으니까. 그런데 지금 할머니는 힘들기는 하지만 이렇게 할아버지 뒤에서 혼자 힘으로 서서 걷고 있다. 내 눈엔 이게 기적이다.

할머니를 회복시키기 위해서는 약처방도, 의사도 특별한 역할을 하지 못했다. 마지막으로 할 수 있는 것은 하나, 서지도 못하는 할머니를 일으켜 세워 운동을 시키는 것이었다. 그런데 그게 가능해 보이지 않았다. 일단 할머니가 설 기력도 없어 보였고 또 설령 할머니가 선다 해도 팔십이 넘으신 할아버지께서 그 일을 도맡아 할 수도 없었다. 그럼에도 할아버지는 그 일을 해내셨다. 힘겹게 한 걸음 그리고 두 걸음 또 세 걸음.

처음엔 겨드랑이에 손을 끼고 그다음엔 행여 넘어질까 손을 꼭 잡고. 그리고 지금은 때로는 앞에서 따라오라 하시고 때로는 뒤에서 지켜보면서 걷고 있다. 비가 오나 눈이 오나 하루도 빠짐 없이 꼭 두 분이 함께한다. 두어 시간 걷는 내내 두 분은 아무 말이 없다. 그냥 묵묵히 언제나 변함없는 그 자세로 걸을 뿐이다. 오늘도 멀리서 걷는 두 분을 지켜보자니 눈시울이 뜨거워진다.

사랑, 인연, 부부. 이런 단어 다 필요 없다.

그냥 그 모습 그대로 너무나 아름다운 거다.

혹시 대흥 향교마을을 지나치실 때 구부정한 할아버지 한 분이 아무

말 없이 앞에서 걷고 할머니 한 분이 뒤뚱거리며 따라 걷는 모습 보신다면 반가이 인사해 주길.

"할머니, 할아버지 건강하세요!"

웃으며 손 한번 크게 흔들어 주길.

무봉리 마을학교
말하기 수업

2004년 시골로 내려올 때 나는 '더 이상 인연을 만들지 말자' 굳게 다짐했었다. 사회생활 35년 동안 일 때문에 맺어진 인연들이 어느 날 문득 아주 무거운 짐으로 느껴졌던 것이다. 그러나 그 다짐은 얼마 가지 않아 무너졌다. 어느 날 나는 깨달았다. 인연 때문에 내가 힘들어한다면 그건 그 사람들 탓이 아니라 내게 문제가 있다는 것을. 여전히 주변에는 벗할 친구들이 생겨났고 그 벗들은 지금 내가 이곳에서 아주 잘 살고 있는 데 원동력이 되고 있다. 그러한 벗들 중에 특히 내가 좋아하는 사람들이 있다. 옆 동네 신양면 무봉리 안골교회 서 목사님 내외다. 나는 기독교 신자는 아니지만 소담한 안골교회와 두 분을 볼 때마다 우리나라 교회가 모두 저런 모습이면 참 좋겠다고 생각하곤 한다. 안골교회는 무심히 지나가다가 보면 가정집으로 생각할 정도로 자그마한 흙집이다. 지붕 위에 아주 작은 나무 십자가 하나가 전부니까. 교회의 크

기나 신도의 숫자에 매이지 않은 목사님의 생각은 늘 열려 있고 자유롭다. 그래서 나는 안골교회로 그냥 놀러 다닌다.

작년 가을 안골교회 사모님에게서 연락이 왔다. 마을학교를 열려고 한단다. 힘든 농사일에 마음의 여유를 갖기 쉽지 않은 어르신들에게 잊었던 배움의 끈을 연결해 주고 싶었던 모양이다. 국어, 산수, 체조, 그리기 등의 과목 중에서 내게 국어를 맡아 달라고 부탁하셨다.

"아, 이거 재미있겠는데? 좋아! 좋아!"

이 새롭고 신나는 일을 어찌 내가 뿌리치겠는가? 그런데 막상 수업 준비를 하다 보니 몇 가지 걱정이 있었다. 일단 학생들이 연세가 높은 분들이라 쓰기가 불편하거나 안 되는 분들이 계셨다. 어쩐다?!

"그래! 아예 연필과 공책을 치우고 어르신들이 편안하게 참여하실 수 있도록 국어과목을 그냥 '말하기'로 바꾸자!"

나는 안다. 시골 어르신들이야말로 비유와 은유의 천재라는 것을.

"그래, 어르신들과 시를 쓰자! 어르신들이 한 말씀씩 해 주시면 그걸 모아 시로 엮는 거야."

이렇게 해서 무봉리 마을학교의 졸업식 날, 우리는 세상에서 가장 아름다운 시 여덟 편을 완성했다.

말하기 수업이 있는 날은 내가 가르치러 가는 시간이 아니고 배우러 가는 시간이었다.

1주일에 한 번 살면서 묻은 때 싹 씻어 내고 오는 시간이었다.

이번에도 역시 나는 운이 제법 좋은 사람이라고 생각했다.

어떻게 이런 기회가 나에게 주어져 이런 행복한 날들을 맞게 하는지….

크리스천은 아니지만 하느님께 감사하다는 말을 전했다.

이런 뜻밖의 기회를 주신 것에 대해서.

세상에서 가장 아름다운, 당신

다른 주제는 각각 한 줄씩 모아 함께 시를 완성했지만 '당신'이란 주제는 그냥 한 분 한 분 술술 그대로 시가 되어 나온다. 그래서 한 시간 만에 여덟 편의 시가 탄생했다.

회한과 눈물과 웃음으로 버무려진 맛깔나고 솔직한 아름다운 마음들, 마치 길고 긴 시간들이 가슴 한 편에 똬리를 틀고 있다가 스르륵 풀려나오는 것 같았다.

땅을 살 때도 나를 속이고

소를 살 때도 나를 속이고

참 겁나게 많이 싸웠지

지금은 지랄한 게 너무 생각나

들나며 문간에 걸린 사진 쳐다보며

잊어버리진 않지.

아니 내가 땅속에 들어가야 잊어버리지

내가 잘못한 게 너무 많아.

— 거울 지음

'당신' 에 대해 말해 보자 하니 "에고 나, 눈물 나서 말 못혀." 하며 돌아앉아 버리시던 거울 님. 씩씩하기만 한 줄 알았지 가슴에 그런 응어리가 있을 줄 생각도 못했다. 이웃에 살면서 거울 님의 타들어 가던 속을 다 함께 지켜보았던 어르신들도 함께 눈시울을 적셨다.

그러나 시간이 지나 미웠던 것들은 다 잊어버리고 가슴에 남은 회한 덩어리 하나.

"지금은 지랄한 게 너무 생각나. 내가 잘못한 게 너무 많아."

떨어져 있을 땐 '잘해 주어야지'

돌아서 갈 땐 '다음엔 잘해 주어야지'

그러나 오면 또

당신은 당신 일, 나는 내 일

— 해바라기 지음

해바라기 님은 일 때문에 남편이 외지에 나가 떨어져 살고 있다.

닿을 듯 닿을 듯하면서도 닿아지지 않는 마음을 어쩌면 이리 잘 표현해 주었는지….

다른 설명 필요 없이 딱 이 네 줄로 부부의 그림이 눈앞에 그려진다.

잘못하고 산 것만 생각나네

지금 같이 살면 얼마나 더 잘해줄까

고달플 때 힘들 때면 더욱 생각나지

같이 있었으면 이렇듯 힘들지 않을 텐데.

지금 살아 있다면 잘할 껴

워쪄, 보고 싶어도 소용없는 것을.

정 각각 숭 각각

부부란 그런 거여

— 대나무 지음

늘 느끼는 것이지만 우리 어르신들은 비유와 표현의 달인들이다.

"정 각각 숭 각각, 부부란 그런 거여."

이보다 더 함축적이면서도 정확한 표현이 있을까?

내가 전부 잘못했어

대들 수도 있는 거지

왜 책을 잡고 까탈을 부렸을까?

애들 잘할 때 더 생각이 나여.

'바꿔 됐으면 얼마나 좋았을까' 하고

'당신이 살고 내가 갔으면 얼마나 좋았을까' 하고.

— 찰벼 지음

'바꿔 됐으면 얼마나 좋았을까. 당신이 살고 내가 갔으면 얼마나 좋았을까'

애들이 잘할 때 더 생각난다는 아내에 대한 찰벼 님의 애절한 그리움이 묻어난다.

그런데 이 닭살 커플들은 어쩌랴.

그래도 당신 없이는 못살아

추울 때는 덮어 주고

더울 때는 바람 되어 주고

배고플 때 밥 먹여 주는 당신

이보다 더 좋을 수는 없지

— 구름언니 지음

우리가 조금만 더 젊었다면 참 좋겠네

하늘에서 별을 따 달라 하면

별을 따다 줄 텐데

이쁜 꽃 보고 싶다 하면

그 꽃이 되어 줄 텐데

— 구름동생 지음

넘들은 싸우기도 한다는데 우리는

싫은 소리 한번 안 하고

불이면 물, 물이면 불로 채워 주고

너무 잘하니 잘한다고나 싸워 볼꺼나….

— 송아지 지음

당신이 너무 좋아

나는 이 세상에 당신뿐이야.

당신 없이는 난 못살아

다시 태어나도 당신하고 살껴.

— 향란 지음

세상에서 가장 아름다운, 사랑

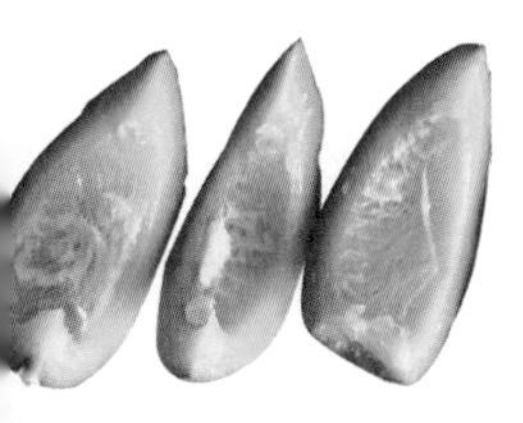

"사랑은 쉬운 거여."

세상에서 제일 어려운 게 사랑인 줄 알았는데 어르신들은 세상에서 가장 쉬운 일이라 한다.

무척 궁금했다. 과연 어르신들은 '사랑'에 대해 생각해 본 적은 있을까? 아뿔싸, 그건 나의 선입견일 뿐이었다.

"사랑 모르는 사람이 워딨어?"

"늘 생각하지."

가슴 속에 사랑 하나씩은 다들 갖고 있었다. 그리고 그들의 사랑은 참 쉽고도 명쾌했다.

저기 저기 걸어오는 이

그렇지 우리 영감 맞네

저것 좀 봐

저 걸어오는 폼새 좀 봐

어찌 저리 예쁠꼬?

어찌 저리 사랑스러울꼬?

이 세상에 우리 영감만큼 고운 사람은 없다니께

그려, 사랑은 그림인겨

고운 것만 보이니께.

사랑이 별건가

어디 갔다 돌아올 때면

"인자 와?"

반겨주는 거 그게 사랑이지

만나서 아무 일 없으면 좋은 거 그게 사랑이지

몸 아플 때 병원 가자 앞장서면 그게 사랑이지

사랑은 밥 먹는 거나 한가지여.

사랑은 좋은 거여

주면 줄수록 주는 내가 좋고 받는 당신이 좋으니까

사랑은 무한정이여

주어도 주어도 바닥나는 법은 없으니까

사랑은 나눌수록 커지는 것

그러니 아낄 필요가 없는 것

그걸 아끼니 세상에 문제가 생기는 것이지

세상에서 제일 쉬운 게 사랑이여

그저 베풀기만 하면 되니까

사랑은 바보가 하는 거여

조건 없이 한정 없이 베푸니까

세상에 바보가 많으면 싸움 같은 건 없을 텐데

그런데 세상엔 똑똑한 사람들이 너무나 많아

우리 모두 사랑할 줄 아는 바보가 되었으면….

세상에서 가장 아름다운, 아버지

다가가기 어렵고, 터놓고 얘기하기 어려운, 아버지는 누구에게나 그런 존재인가 보다.

무봉리 마을학교 어르신들에게 물었다.

"지금 아버지가 내 앞에 계시다면 어떤 말을 하고 싶으세요?"

더하지도 빼지도 않고 한 줄씩 말씀해 주신 것을 모아 시 두 편이 완성되었다.

사랑하지만 다가가기 힘든 나,

사랑하지만 표현하지 않으시는 아버지.

이런 마음이 잘 표현되어 있는 정직하고 아름다운 시, 어느 시인이 이런 표현을 할 수 있을까?

암만 잘해 주셔도 사랑한다는 말

한마디 못했지요.

내 아이를 사랑해 주실 때에야

나를 사랑하심을 알았지요.

보고 싶고 말하고 싶고

그리고 감사해요.

그러나

지금 앞에 선다 해도 또 말 못할…

아버지, 오래오래 사세요.

아버지, 말씀 좀 하세요.

속마음 다 털어 놓으세요.

사랑한다는 말 한마디 못했지요.

지금은 말할 수 있어요.

사랑해요.

옛날에 못한 거 다 잘해 드리고 싶어요.

제가 잘할게요.

효도하며 잘 모실게요.

세상에서 가장 아름다운, 자식

자식은 늘 짠하고 육십이 넘어도 물가에 둔 어린아이같이 불안하기만 하다. 조건 없이 퍼붓는 눈먼 사랑이지만 그래도 가끔은 서운하다. 자식은 그런가 보다.

'자식'에 대한 시는 걱정과 안쓰러움 그리고 야속함으로 버무려져 있다.

눈 많이 왔다 힘든데 오지 마라

그래도 오면 반갑고

떠나갈 땐 서운하고

와도 걱정 안 와도 걱정

어미는 그저 걱정뿐

부모 마음은 다 똑같애

자식이 잘못되는 것도 다 내 탓 같으니…

아침은 먹고 출근했냐?

술 먹지 말고 담배는 좀 줄여라, 건강이 최고다

엄마, 날 추우니 방에 불 때고 뜨뜻하게 계셔

된장이라도 뜨끈하게 해서 드시고

우린 느이만 잘 살면 아무 걱정 없다

우리 걱정은 하지 마라

엄마, 일 좀 고만해

밤낮 아프다면서

촌에서 일 안하고 살 수 있간?

일 보고 안할 순 없단다.

애들이 뭐라고 혀?

뭐라고 하긴 우리 걱정하지

그래도 암만 잘해도 자식은 영감만 못혀

자식한테 못하는 소리 영감한텐 하지

허허 그려, 자식은 언제나 손님이여

그래, 돈 줄 때가 제일 좋더라.

그러나 좋은 건 잠깐

닮은꼴이 있다. 감사하고 든든하다.

저것들이 이 돈 벌려고 얼마나 애썼을꼬

언제나 안쓰럽고 마음이 짠하지

돈 안 줘도 좋으니 느이 식구 그저 편히 잘 살아라.

"엄만 그것 땜에 전화했어?"

눈물이 핑

몰라서 물어본 건데 소리는 왜 질러

이눔의 자식 다신 내 집 문간에 발 들여 놓지 마라

눈물 훔치는 가슴에 남는 말 하나

"너두 자식 키워 봐라."

세상에서 가장 아름다운, 행복

오늘의 주제는 행복. 뜻밖이다. 어르신들은 의외로 자신이 무척 행복하다고 생각하고 있었다. 마을 분들의 소박한 심성이 시에서 그대로 드러난다.

돈이 날개여

지금 행복허지

돈 많이 모댔으니께

놀기 좋아하던 그 냥반 가고 나니

고추해서 천만 원

곡간엔 겨우내 곡식이 그득

그렇게도 돈 내삐리고 돌아다니더니

아무리 모두려고 발버둥 쳐도 줄줄 새나가니

속 상혀서 쌈질도 많이 혔지.

지금은 버는 대로 다 내 돈

아들 아파트 사는 데 보태 주니 행복하고

딸헌테 빌려 준 돈 이자 따박따박 나오니 부족함 없고

암, 돈이 날개여

행복허지

그런데 속마음은 이러네

돈이 속 썩이는 남편만은 못하다고

우리 양반 살았으면 더 행복헐 텐데.

뭘 그렇게 자꾸만 내다본대여?

아들 온다고 해서

오면 연락하겄제

길이 미끄러우니께 잘 와야 헐 텐데

어련히 알아서 오려구 그냥 앉아 계셔

왔다, 차가 보인다

설이 안적 며칠 남았는데 일찍 왔네

이제 집 안 가득 사람들이 박신박신하겄구먼

아그들 집 안에서 시끌시끌할 때가 제일 행복하지

그런데 너희들 가고 나면 어떡하니

올 적에는 든든하고 갈 적에는 서운해서 눈물 나고
그래도 그게 행복인 겨
기다리고 헤어지고 서운하고 눈물나고
그래야 행복인 겨.

행복이란 기다림이다
언제일지는 모르지만 오긴 꼭 오니까.
행복은 거울이다
나의 것이 당신에게 그대로 비치니까.
행복은 햇살이다
엄마는 할머니 되지 마 엄마는 아프지 마
한마디에 온갖 아픔 눈 녹듯 사라지니까.

· 부록 ·

몸과 마음이 행복해지는 풀각시 자연밥상

예산막걸리에는 톡 쏘는 겨자와 숙주가 최고 궁합이다.

1.
상큼한 겨자소스를 곁들인 돼지고기 숙주 무침

우리나라 슬로시티 열 곳의 시장님과 군수님들이
우리 대흥을 방문해 주신대요.

귀한 손님들이 오시는데
무슨 음식을 대접해야 할지 고민하다가
결국 예산막걸리에 안주 하나를 곁들여 내기로 했어요.

상큼한 겨자소스를 넣은 돼지고기 숙주 무침이에요.
톡 쏘는 겨자와 담백한 돼지고기, 아삭한 숙주의 궁합이
그야말로 아주 환상적이랍니다.

요리법도 그리 까다롭지 않아서
마음만 먹으면 후딱 만들 수 있어요.

여기에 예산 막걸리 한 잔 들이켜면…
캬~ 이 맛은 먹어 본 사람만 압니다!

만드는 법

① 숙주나물은 기름 한 방울 넣고 살짝 데친 다음, 찬물에 확 헹궈 주세요.
② 돼지고기는 샤브샤브용으로 준비해서 된장 조금 넣고 끓는 물에 살짝 데쳐 주세요.
③ 양파와 파 채 썰어 준비해 놓고요.
④ 겨자소스 만들어요(연겨자 1, 간 마늘 1, 물엿 2, 소금, 식초 1).
⑤ 숙주나물, 돼지고기, 양파를 볼에 담고 소스 넣어 버무린 후,
⑥ 예쁜 접시에 담아 채 썬 파 위에 모양 좋게 올리고 깨소금도 살짝 뿌리면 완성!

향긋한 5월의 산나물에 들기름 양파 소스면 그 어떤 향수라도 울고 간다.

2.
들기름 살짝 친 양파 소스 산나물 샐러드

겨우내 허기진 인간들을 가엽게 여긴 하늘과 흙과 바람과 햇빛이 선물을 줍니다.
언 땅 위로 제일 먼저 씀바귀, 냉이, 쑥을 올려 주시고
이어 각종 나무에서는 새순이 돋아 또 먹을 것을 내어 줍니다.
화살나무, 두릅, 뽕나무, 엄나무, 오가피나무…

5월이 되면 산나물이 떠나갑니다.
올봄 산나물의 마지막 메뉴가 되지 않을까?
가는 봄을 아쉬워하며 참나물, 돌나물을 양파소스에 버무려 접시에 담고
고추나무 꽃을 살짝 올려 보았습니다.
상큼 새콤… 별 다섯 개 호텔에서 나오는 샐러드 부럽지 않습니다.

서양식 요리에서는 올리브 오일을 많이 쓰지만 풀각시의 자연밥상에서는 들기름을 씁니다.
들기름은 필수지방산을 많이 함유하고 있는 질 좋은 기름에 속하지요.
들기름의 지방 중에는 오메가3(알파 리놀렌산)가 차지하는 비율이 60% 이상.
우리나라 사람들에게는 식단 구성상 오메가3 섭취가 적은지라
식물성 기름 중에서도 들기름 많이 드시면 좋겠지요.

단, 들기름은 공기 중에 노출되면 산패가 잘 되는 단점이 있습니다.
들기름은 일단 뚜껑을 따면 부지런히 먹는 게 상책.
색깔이 짙은 병에 넣어 냉장고에 보관하면 좋지요.

만드는 법

양파 1개, 사과 반쪽, 들기름 3큰술, 소금 반 티스푼, 설탕 1큰술, 식초 1/2큰술
모두 함께 넣고 믹서에 갈면 드레싱 끝!
어떤 채소와 버무려도 아주 잘 어울리는 소스랍니다.

배, 대추, 생강, 잣 이 네 가지 조합은 기침감기에 특효다.

3.
기침감기 뚝 멎게 하는 달달한 배숙

친구들 내려와서 안면도 간 날,
바닷바람이 차게 느껴진다 싶었는데 집에 돌아오니 목이 칼칼하게 아파 옵니다.
다음 날은 콧물까지 줄줄.
괜찮겠지 했는데 이틀째인 그제 밤에는 목이 아파 잠을 이룰 수가 없었어요.
보건소엘 가 봐야겠는데 하필 토요일.
목부터 가슴 언저리까지 아파요.
그때 퍼뜩! '아, 그걸 한번 해 먹어 봐야겠네.'
어려서 기침하면 엄마가 해 주시던 민간요법.
저의 경우 기침감기에는 정말 잘 들어요.
기억을 되살려 배숙을 해 봅니다.

만드는 법

① 배를 하나 썰어 탕기에 담아요. 원래는 꼭지 부분을 둥글게 도려내고 속을 파야 하지만 힘들기도 하려니와 상처 난 배를 이용해서 쉽게 하기로 해요.
② 씨를 바른 대추 열 알 남짓과 잣 조금, 생강 한 조각 넣고 꿀 한두 스푼 넣습니다.
③ 우리 엄마는 밥할 때 밥솥에 넣어 중탕을 해 주었는데 찜통에 넣고 한 시간 정도 쪄도 좋아요.

요 봄동 겉절이를 해 먹어야 진짜 봄이다.

4. 진짜 봄 냄새 가득한 봄동 겉절이

"아, 납작배추 맛있겠다."
지나가던 동훈 엄마가 우리 밭을 들여다보며 서 있습니다.
어 정말이네요.
다 얼어 죽은 줄 알았는데 파랗게 살아 있습니다.

작년 가을 김장배추 모종을 밭에 옮겨 심어 놓고
다음 날 아침 잘 있나 보러 갔다가 깜짝 놀랐습니다.
고라니가 내려와 밤새 모조리 뜯어 먹어서
밭이 완전히 초토화되었지 뭐예요.

모종은 늘 여유로 더 내어 놓으니까 다시 심었죠.
그러나 심어 놓는 대로 고라니가 밤마다 맛있게 드시고 갔습니다.
또 심고 또 심고, 간신히 서른 포기 사수하여 그걸로 김장은 했는데…

혹시 몰라 배추 씨를 늦게 또 한 판 부어 놓은 게 있었습니다.
아까워서 밭으로 이식하긴 했는데
너무 늦게 부은 거라 배춧잎만 몇 잎 나왔을 뿐.

가을걷이 다 끝낸 밭에 배추 구실도 못하는 놈들이
불쌍하게 덩그렁 한 고랑 남아 있었죠.
빈 밭을 한 번 확 갈아엎어 주고 싶었는데
그만 귀찮아져 그냥 두었더니…

씩씩한 봄동 한 접시면 건강하고 행복할 따름이다.

아하!? 대박입니다.
그 허약하던 배추 모종들이
봄동이 되어 나타난 겁니다.

영하 18도의 강추위를 어찌 견디어 냈는지 모르겠네요.
30센티미터쯤 쌓인 눈 속에서도 새잎이 계속 돋아 나오고 있었다니
내 눈으로 보고도 신기할 따름입니다.

속에 알이 배겨 포기로 남아 있던 것은 잘라 보니 속까지 완전 얼었는데
늦게 심은 것들은 얼지 않고 가운데서 새잎이 계속 나오네요.
냉큼 한 포기 잘라서는…!
맛있는 봄동 겉절이를 만들어 엄마와 나눠 먹습니다.

"엄마, 맛있어?"
"환장하게 맛있다."
아, 오늘도 씩씩한 봄동이 나를 행복하게 합니다.

만드는 법

① 까나리 액젓 두 숟가락, 집 간장 반 숟가락을 양푼에 따라요.
② 고춧가루, 파, 마늘, 깨소금 조금, 내가 농사 지어 짠 들기름도 몇 방울 넣고 휘휘…
③ 봄동을 팍 쏟아붓고, 설설 버무려 놓으니… 캬! 그 색깔이며 냄새며 모양이 입맛 확 당깁니다.

예산 사과잼에 풀각시 라벨을 붙여 선물하면 그만이다.

5.
레몬즙을 더한 새콤달콤 사과잼

눈이 펄펄 내립니다.
입도 심심한 이런 날엔
비스킷에 사과잼을 발라 먹어야겠습니다.
아니, 발라 먹는다고 하기보다는 사과잼을 퍼먹는다고 해야 맞을 겁니다.

풀각시표 사과잼, 정말 맛있어요.
사과 과수원 하는 사촌언니가 파과 한 자루를 주기에
몽땅 사과잼 만들어 두었거든요.
사과는 눈에 잘 보이지 않는 정도의 작은 상처만 나도 상품 가치가 없어진답니다.
상처 난 사과가 들어간 상자는 금방 모두 썩기 때문에
사과 농장에서는 눈에 불을 켜고 상처 난 사과를 골라내지요.

이런 거 한 자루 얻어다가 사과잼을 만들면
두고두고 정말 맛있게 먹을 수 있어요.
풀각시 라벨도 만들어서 병에 담아 선물하면
받는 사람도 정말 좋아하지요.

만드는 법

① 사과는 껍질을 벗기고 씨를 빼서 납작하게 썰어 줍니다.
② 레몬을 첨가하면 맛이 더 좋습니다. 레몬 한 개를 반을 갈라 즙을 짜 넣고 껍질을 채 썰어 같이 넣어 주면 레몬향이 더해져 좋더군요.
③ 설탕은 사과 분량의 반 정도 준비합니다.
④ 설탕은 한꺼번에 다 넣지 마세요. 처음 설탕 분량의 2/3만 넣고 사과가 풀어져 갈 때 단맛을 보며 조절하세요.
⑤ 사과와 설탕이 시럽같이 찐득하게 되어 서로 엉겨 붙으면 완성!

비 오는 날 치지직, 있는 재료로 만드는 장떡 부침이 노릇노릇 익어 간다.

6.
없던 입맛 확 돌아오는 짭쪼르름 장떡 부침

도시 사는 젊은 사람들은 잘 모를 것 같은데
짭조름한 장떡은 입맛 없을 때 딱이지요.
며칠 전 만두를 해 먹고 다진 고기가 좀 남았어요.
양이 적어서 딱히 해 먹기도 뭣해서 냉장고에 며칠째 처박아 두었죠.
그러다가 어느 입맛 없던 날, 무심코 냉장고를 뒤지다가
다진 고기를 보고 장떡을 만들기로 결심했답니다.
밭에 나가 풋고추 한 소쿠리 따다가 바로 준비 시작~!!
진한 갈색으로 노릇노릇 구워지는 장떡…
보기만 해도 군침이 돕니다.
장떡은 손으로 뭉텅 떼어 뜨거운 밥에 올려 먹어야 제맛!
울 엄마도 밥 한 공기 다 비웠답니다!

만드는 법

다진 고기 150g(돼지고기나 소고기 다 좋은데 돼지고기가 더 맛있어요),
풋고추 300g, 밀가루 두 스푼, 된장 한 스푼, 고추장 반 스푼, 파 송송 다진 것.
① 밀가루를 묽게 반죽하고 된장과 고추장을 넣어 잘 풀어 줍니다.
② 풋고추 다진 것, 다진 돼지고기, 다진 파를 넣어 잘 섞어 줍니다.
③ 프라이팬에 기름 두르고 장떡을 한 손가락씩 떠 지집니다.

토란탕, 비싼 요릿집의 그 어떤 탕보다 더 행복하다.

7.
우리 엄마 좋아하는 폭신폭신 토란 요리

먹겠다는 생각보다는 잎이 보기 좋아 심었던 토란.

막상 수확을 하니 어찌나 풍성한지… 토란 한 뿌리에 알이 주렁주렁 달려 나오네요.

그런데 이걸 어떻게 하지?

육십 평생 토란을 만져 본 적도 없고

토란으로 만든 요리는 먹어 본 적이 없었습니다.

대개 엄마가 싫어하는 것은 자식들이 먹어 볼 기회가 없지요.

울 엄마는 토란이 미끌미끌하다고 싫어하셨거든요.

"토란은 어떻게 해 먹는 게 제일 좋아요?"

동네 어르신들에게 물어 시도한 토란 간장 조림. 역시 대박!

특히 이가 좋지 않은 우리 엄마도 폭신하고 부드러운 토란은 잘 드시네요.

"토란 별로였는데 맛있네."

내친 김에 토란탕에도 도전했답니다.

토란 손질법

① 흙을 씻어 내고 토란 껍질을 쉽게 까기 위해 끓는 물에 3분 정도 데쳤습니다.
② 데쳐서 그런지 껍질은 잘 벗겨집니다.
③ 껍질을 벗긴 후 소금물에 1시간 정도 담가 둡니다. 아린 맛을 제거하기 위해서죠.

토란간장조림

간장과 물을 1:2 비율로 섞어 토란을 넣고 졸여 줍니다.
어느 정도 졸여진 후 물엿 한 스푼을 넣어 주었지요.
아, 그리고 땅콩과 대추가 눈에 뜨이기에 같이 졸였습니다. 짜자잔!

토란탕

토란을 손질하여 소고기 맑은 장국에 토란을 넣어 끓이니 맛이 환상입니다.

홋잎나물에 간장과 들기름 넣고 조물조물하면 고소함의 극치다.

8.
밥 한 공기 후딱 비우는 고소한 홋잎나물(화살나무순) 무침

봄나물을 놓고 순위를 매기라면?
노! 그건 절대 불가능한 일!
나물은 제각각 독특한 풍미를 가지고 있어서
어느 것이 더 맛있고 덜 맛있다고 말할 수 없답니다.
이번 봄에는 이 나물 참 맛있게 먹고 있습니다.
화살나무순이에요. 줄기가 화살 모양을 닮아 화살나무라고 해요.
시골에선 울타리로 화살나무를 심어
봄에는 나물 해 먹고 가을에는 빛깔 고운 단풍을 즐기지요.
화살나무 새순은 살짝 데쳐 무쳐 먹는 건데 정말 맛있어요.
울 동네에서는 홋잎나물이라고 해요.

만드는 법

별다른 양념 없이 간장으로 간을 하고 들기름만 넣고 무쳤을 뿐인데
어찌 이리도 고소한 것인지… 밥 한 공기 뚝딱입니다.
① 홋잎나물을 물에 살짝 데칩니다.
② 간장과 들기름을 넣어 살살 버무리면 끝!

맺는 글

벌써 시골로 온 지 9년이 되었다. 서울과 시골을 왔다 갔다 했던 이중 생활까지 합치면 19년. 이제는 완전 시골사람이 되었다.

어제는 오랜만에 서울 나들이를 했다. 용산역에 내려 전철을 타려 하는데 옛날 표를 팔던 곳은 하얗게 막혀 있었고 사람들은 모두 기계 앞에 줄줄이 서 있었다. 어찌 할 바를 몰라 물어보려 해도 역무원이 있어야 물어보지… 사람들은 무지무지 많은데 그 사람이 없다.

"서로 마주 보고 웃고 말하고 소통해야 사람 사는 것이지… 여긴 사람과 사람이 사는 곳이 아니라 사람과 기계가 사는 곳이구나…."

서울에서 직장 생활할 때도 내가 아주 싫어하는 것 중 하나가 자동응답 전화기였다.

"아니, 그거 말고 나는 딴 것이 알고 싶단 말이야."

나는 기계하고 이야기하는 것이 정말 싫었다. 그런데 요즘은 더 발전한 모양이다. 사람이 있던 자리를 기계가 꿰차고 앉아 있다.

며칠 전 도시에 있는 대안학교 어린이들이 우리 마을에 와 마을회관을 숙소로 정하고 3박 4일 동안 머물다 갔다. 그런데 첫째 날 밤, 누군가 학생들의 숙소 방문을 똑똑 두드렸다고 한다. 도시에서 온 아이들은 갑작스러운 인기척에 불안해했다.

"누구지?"

"옆집에서 왔슈. 아이들 이거 먹으려나…?"

할머니 한 분이 서 계셨다. 아이들 주라고 낮에 주운 밤을 삶아온 거였다. 그다음 날 밤에도 역시 문 두드리는 소리가 났다. 부녀회장님이 쑥개떡을 해서 넣어 주려 오셨다고 한다. 일정을 마치고 돌아간 후 선생님 한 분이 이런 글을 올려 주었다.

허리 굽은 할머니 할아버지들이 아이들 궁금해 일부러 들여다봐 주시고
매일 밤 삶은 밤, 쑥개떡 만들어 디밀어 주시고
아이들 인사에 걸음 멈춰 대꾸해 주시고.
아이들이 시골의 정취를 물씬 느끼고 돌아왔습니다.
감사합니다.

그래, 이게 사람 사는 모습이다. 나는 앞으로도 내내 이런 사람들과 이런 모습으로 살고 싶다.

지금 나는 참 행복하다.